REJOINS L'EXPLORER TEAM

Björn Berenz et Christoph Dittert

Rejoins L'Explorer Team

Une incroyable odyssée

Traduction de l'allemand par Erwan Blouin
Illustrations de Philipp Ach

Larousse Jeunesse

À Leana et Elisa.

À Noah, un garçon aussi jeune que vaillant.

Chapitre 1
Cap sur Katmandou

– Aïe, aïe, j'ai tellement mal aux fesses !

Ma voisine ignore ma remarque. Elle s'appelle Fiona, comme elle me l'a répété un certain nombre de fois depuis le décollage.

– Tu trouves pas ça cool, de faire partie des cents enfants les plus intelligents au monde ? me demande-t-elle d'une voix surexcitée.

Je réponds d'un ton maussade :

– Ouais, trooop cool !

À vrai dire, là, je me sens tout sauf intelligent. Je suis fatigué, mon siège n'est pas confortable et ma fesse gauche est engourdie.

– Je l'ai toujours su, de toute façon, réplique Fiona. Comme le dit si bien ma mère : « Qui se donne du mal est capable de tout. » Tu n'es pas d'accord ?

– Peut-être bien, dis-je. Mais je doute que l'admission à la finale d'un concours scientifique suffise à faire de nous les jeunes plus intelligents au monde.

– Ce n'est pas n'importe quel concours, c'est le plus essentiel de tous : il est sur l'environnement.

Fiona affiche un large sourire avant de poursuivre :

– Et si le monde adoptait des inventions comme la mienne, il s'en porterait mieux.

Pas sûr, me dis-je. Fiona me casse les pieds avec son invention depuis qu'on est passés au-dessus des nuages... ça fait donc cinq heures ! Elle n'est pas méchante, mais c'est un vrai moulin à paroles. Je crois bien qu'elle m'a raconté toute sa vie. Je sais qu'elle vient de Stuttgart, mais aussi que son cochon d'Inde a comme petit nom Elvis. Sauf que moi, j'ai besoin de calme pour terminer mes derniers préparatifs. Et la présence de Fiona ne m'aide pas du tout. Elle n'en finit pas de commenter son invitation à ce voyage et sa détermination à gagner le concours !

Si on ajoute à ça la horde d'enfants survoltés, qui ont la grosse tête sous prétexte qu'ils sont finalistes, mais aussi le personnel de bord dédaigneux, ce voyage est en train de tourner au cauchemar.

Parce que oui, je ne suis peut-être pas bien grand pour un garçon de onze ans, mais il ne faut quand même pas exagérer. On n'avait pas encore décollé que l'hôtesse qui passait dans les rangs m'avait dévisagé, avant de me proposer un siège rehausseur. La honte !

Fiona me fixe du regard : elle attend une réaction. Je m'exécute :

– Et tu crois vraiment que ton robot bouffe-tout va changer le monde ?

Ma voisine fronce le nez d'un air consterné :

– Évidemment ! Mon invention va rendre le monde plus propre.

– D'accord, mais tout ce qui se trouve par terre n'est pas forcément une ordure.

En effet, Fiona a inventé un robot mangeur de déchets. Si j'ai bien compris, il fonctionne sur le même principe qu'un aspirateur ou une tondeuse, mais avec une gueule géante qui avale toutes les saletés sur son passage. Elle l'appelle Le Dévordure. Mais je m'interroge. Comment ce robot est-il censé faire la différence entre les déchets et des pièces de monnaie, un écureuil blessé ou même un bébé en vadrouille ?

Fiona hausse un sourcil.

– Parce que tu crois que ta lampe de poche à énergie corporelle, c'est mieux ?

Je réplique :

– Pour être exact, elle fonctionne à la chaleur émise par la paume de la main.

– Et tu penses vraiment que ça sera utile ?

– Bien sûr.

– Et en hiver ?

Je la regarde, un peu déconcerté.

– Eh bien quoi, en hiver ?

– Si tu as besoin de lumière mais que tu as les mains froides, ta lampe ne sert plus à rien.

Je m'apprête à répondre, mais en y réfléchissant bien, je me dis que Fiona a raison. Zut, je n'y avais même pas pensé !

Elle croise les bras, prend un air supérieur et poursuit :

– Rends-toi à l'évidence, mon invention est bien plus utile que la tienne. Pour une lampe de poche, il suffit d'avoir des piles.

Je m'abstiens de répondre. Après tout, je me moque bien de savoir quelle invention est la meilleure. Je n'ai créé la mienne que dans un seul but : prendre cet avion. Jusqu'ici, mon plan se déroule comme prévu : je suis en route aux côtés de dix enfants prodiges vers la finale du concours des inventeurs en herbe, organisé par l'institut Horizon.

Je n'avais jamais entendu parler de cet institut, mais il semble assez prestigieux. On n'invite pas des enfants venus du monde entier quand on n'a pas les moyens. Intrigué, j'ai donc visité leur site Web pour en savoir plus. Une chose est certaine, c'est qu'on ne peut pas passer à côté du logo de l'organisation : il est partout sur le site. Il représente un soleil levant derrière un mont enneigé. En revanche, pour ce qui est de trouver des informations sur leurs objectifs et leur équipe, c'est une autre histoire.

Mais peu importe ! Ce qui compte, c'est que dans quelques heures, je foulerai le sol du Népal pour la première fois de ma vie. J'en ai des frissons ! Je n'aurais jamais imaginé voyager vers ce pays si lointain. Et encore moins dans de telles circonstances.

En réalité, si je me trouve à bord de ce vol, c'est pour une raison bien précise. Et elle n'a rien à voir avec le concours… C'est lorsque mon père est parti pour une expédition palpitante que tout a commencé. Maintenant que je repense à lui, je sors machinalement le journal qui a changé ma vie. Pour le garder à l'abri des regards indiscrets, je le dissimule sous la couverture de la biographie de mon père. Il m'arrive de parcourir du doigt son écriture, ça m'apaise et me rapproche de lui. Et puis, c'est tout ce qu'il me reste de lui.

– Qu'est-ce que c'est ?

Curieuse, Fiona fixe le livre que j'ai entre les mains.

– Eh ! Je le reconnais !

Elle écarquille les yeux.

– C'est le célèbre explorateur dont on a parlé à la télé !

Je réponds à Fiona avec un sourire tendu, inquiet à l'idée qu'elle découvre le journal de bord de mon père.

– Célèbre, célèbre…

– Bien sûr qu'il est célèbre ! J'ai suivi toutes les saisons de son documentaire. Enfin, il n'a jamais vraiment terminé la dernière parce que... tu sais bien, quoi.

Je sens de la tristesse dans le ton de la voix de Fiona, qui reprend :

– Alors, c'est un livre sur sa vie ? Fais voir s'il y a une photo ?

Elle tente de m'arracher le livre des mains, mais je le retire à temps. Dans le feu de l'action, je lui tape sur les doigts.

Elle me fixe d'un regard noir et s'écrie :

– Tu m'as donné un coup !

– Tu voulais prendre mon livre sans me demander la permission !

– C'est pas une raison !

– Excuse-moi. Je ne voulais pas te faire mal.

Fiona pince les lèvres.

– Bon, ça ne fait rien. Mais c'est bien sa biographie ? Toi aussi, tu es fan de Bruce X. Milestone ?

– Fan, c'est beaucoup dire, je proteste, un sourire en coin.

– C'est terrible, hein ?

– Quoi donc ?

– Eh bien, sa disparition. Depuis qu'il est parti à la recherche du peuple mystérieux de l'Himalaya, on ne l'a plus jamais revu !

Fiona hésite, puis effleure le titre du livre du bout des doigts. Si elle savait que ce livre dissimule le journal d'expédition de Bruce X. Milestone ! SON journal d'expédition !

– Le monde entier se demande à quoi correspond le X de son nom.

Son regard flotte dans le vide. Fiona se tourne vers moi :

– Tu sais, toi ?

– Non.

C'est vrai, je n'en ai aucune idée. Mon père ne me l'a jamais dit, et dans le livret de famille, son acte de naissance n'en fait même pas mention.

– Tu crois qu'il est mort ?

Ma gorge se noue. Par réflexe, je porte la main à la chaîne de mon talisman, sous mon col. C'est mon grand-père qui m'a offert ce porte-bonheur. C'est une pierre aux formes étranges, gravée de lignes et de courbes, qui ne ressemblent pas à grand-chose. D'aussi loin que je me souvienne, j'ai toujours porté ce bijou.

– Son absence doit être insupportable pour son enfant.

Elle secoue la tête d'une façon qui fait danser ses bouclettes.

– Tu savais qu'il avait un garçon, de notre âge à peu près ?

Un peu, que je le savais.

– J'ai lu tout ce qu'il y avait à lire sur lui, à part cette biographie.

– Elle commence à dater.

Effectivement, je tiens entre mes mains la toute première édition de la biographie de mon père. Je n'étais même pas né lorsqu'elle est sortie. Depuis, trois autres ont été publiées.

– J'ai de la peine pour son fils. C'est terrible de ne pas savoir où est son père, ni même s'il est en vie !

Je m'efforce de ne pas fondre en larmes tandis que Fiona continue son bavardage :

– Tu savais que Bruce était écossais ? Son fils est donc à moitié britannique. J'aimerais bien le rencontrer.

Elle ferme les yeux et soupire.

– Je me demande s'il a le charme de son père.

– Euh…

– Je ne sais même pas comment il s'appelle. Bruce X. n'a jamais rien publié sur sa famille. Je suis sûre qu'il lui a donné un prénom écossais, genre Lennox ou Ian. Ou Jamie.

Sur ce dernier mot, son regard se met à étinceler.

Je murmure :

– Qui sait ?

Au moins Fiona ne sait pas qu'on a un cochon nain qui s'appelle Dolmen. Je fais semblant de bâiller pour avoir la paix. Pour être certain que ma voisine a compris le message, je m'étire, détourne le regard, mets mes écouteurs et bâille de nouveau, plus fort encore. Je me mets à écouter un podcast sur Sherlock Holmes, le plus grand détective de tous les temps.

Les yeux clos, je sers mon livre dans mes bras. Le journal d'expédition qu'il dissimule m'a mené à la plus grande aventure de ma vie. C'est sûrement de la folie, mais je n'ai pas le choix : ce journal est la clé pour élucider ce mystère, et il est entre mes mains.

Lorsque j'ouvre les yeux, j'aperçois le lever du soleil par la fenêtre. C'est la première fois que je le vois d'aussi haut, par-delà les nuages. Je jette un coup d'œil à ma montre, que j'ai déjà réglée à l'heure du Népal, c'est-à-dire avec trois heures et quarante-cinq minutes d'avance. Il est presque six heures et demie. Dire qu'à la maison il fait

encore nuit… J'ai un peu l'impression de voyager dans le futur.

Fiona m'arrache un écouteur de l'oreille.

– Qu'est-ce qui t'amuse ?

– Rien !

Un peu agacé, je lui reprends mon écouteur.

Le soleil donne maintenant directement sur mon visage. Il est éblouissant, ça pique les yeux. Je les referme, mais c'est trop tard : des taches rouges se mettent à virevolter sur mes paupières.

Le jour qui vient de se lever est certainement le plus important de ma vie.

Ça fait six mois que Daddy (c'est comme ça que j'appelle mon père, tradition écossaise oblige) est parti en expédition, sur la piste du peuple perdu des montagnes. Il a toujours aimé se lancer à la recherche des merveilles de ce monde. C'est dans un musée en Écosse qu'il a retrouvé la trace de ce peuple reclus, qu'on a longtemps cru disparu, et dont on dit qu'ils détiennent le remède contre toutes les maladies !

Il n'en a pas fallu plus pour que mon père parte immédiatement à leur recherche, d'autant que nous avons cruellement besoin de ce remède : ça fait un an que la santé de mon grand-père décline. Il oublie tout et d'après les médecins, ça n'ira pas en s'améliorant. Il arrive même qu'il ait un comportement étrange, qu'il ne soit plus lui-même. Pour Daddy, cette expédition est le dernier espoir de sauver son père, avant qu'il n'oublie jusqu'à sa propre identité.

Seulement, à la maladie de mon grand-père s'ajoute désormais la disparition de mon père. Comme il ne donne plus signe de vie depuis six mois, le monde entier le croit mort. Même ma mère pense qu'il ne reviendra plus. Mais moi, je garde espoir. Ce n'est pas par hasard que ce journal est entré en ma possession.

Un soir, on a frappé à ma fenêtre. Le temps d'ouvrir le volet, il n'y avait plus personne. Rien qu'un paquet marron posé sur le rebord de la fenêtre. Le nom de l'expéditeur ne figurait pas sur le paquet, mais il indiquait bien mon adresse… ainsi que mon prénom ! C'est donc à moi seul qu'il était destiné, pas à ma mère ni à un autre membre de ma famille. Et c'est dans ce paquet que se trouvait le journal d'expédition.

Ce journal a forcément un lien avec la disparition de mon père, et je sais qu'il m'aidera à le retrouver. Daddy n'est pas du genre à disparaître sans laisser de trace. Je dois savoir s'il est encore en vie !

J'aurais voulu raconter tout ça à ma mère, mais ce colis était accompagné d'un morceau de papier m'interdisant formellement d'en parler à qui que ce soit.

Plus exactement, voici ce que disait la note :

Ne parle à personne de ce livre,
c'est une question de vie ou de mort !!!

Trois points d'exclamation, rien que ça ! Voilà pourquoi ma mère pense que je suis allé au Népal pour assister à la finale de ce concours. Si elle avait su la vérité, elle ne m'aurait jamais laissé partir.

Il a dû se passer quelque chose de grave pour que Daddy reste introuvable. Peut-être que quelqu'un a voulu le faire disparaître ? Mais pourquoi ? Seule certitude, personne ne doit savoir que je détiens ce journal d'expédition. Il y est clairement écrit que moi seul dois partir à sa recherche. Cependant, il est rempli d'énigmes et d'indices qui sont bien moins clairs. Chaque énigme me permet d'accéder à une nouvelle étape du périple. Pour l'instant je n'ai réussi qu'à déchiffrer la première, d'où ma présence sur ce vol.

Il mène au point de départ de l'expédition de mon père. À l'autre bout du monde.

Ce concours scolaire a donc été l'occasion parfaite pour me rendre sur les lieux. Je fais officiellement partie des onze génies de France qui voyagent vers Katmandou pour se mesurer au reste du monde. J'avais pourtant déposé ma candidature très en retard. Mais il faut croire que le jury a été épaté par mon invention, car il m'a exceptionnellement admis en tant que onzième participant.

Et je ne vais pas bouder ma chance ! Sans elle, je me demande bien comment j'aurais pu atteindre cette première destination. C'est vrai, quoi, j'aurais eu du mal à m'y rendre à vélo !

En me tournant, je constate que Fiona a quitté sa place. Je suppose qu'elle est partie aux toilettes. Parfait.

J'en profite pour ouvrir le journal d'expédition et je relis la première page.

C'est fou. Mon père a écrit ce livre de telle sorte qu'il apporte plus de questions que de réponses.

Rien que la première énigme m'a déjà fait parcourir la moitié du globe. Pour le coup, le plus difficile n'a pas été tant de la résoudre que de trouver un moyen de parvenir à cette première destination.

Le journal d'expédition en main,
je me rends **pages 2 et 3.**

Oh que oui, je me souvenais de ce séjour palpitant ! Comment je pourrais l'oublier ? Il y avait eu un tel déluge que la tente avait pris l'eau. Toutes nos affaires étaient trempées !

Et bien sûr, je me rappelais aussi ce code que mon père m'avait appris. Ce faux alphabet est un alphabet inversé. Le A devient un Z, le B devient un Y, le C devient un X, etc. Et comme Daddy avait esquissé un début de schéma, il ne me restait plus qu'à le finir. J'ai commencé par remplir le cercle intérieur avec l'alphabet classique, puis j'ai complété le cercle extérieur avec l'alphabet inversé. Il était ainsi plus facile de résoudre l'énigme. La réponse était donc...

Chapitre 2
Atterrissage

– Katmandou ! s'exclame notre accompagnateur. La capitale du Népal ! On arrive ! Nous amorçons la descente. Veuillez rabattre vos tablettes et redresser vos sièges en position assise.

Une hôtesse se précipite à l'avant de la cabine et le fusille du regard. Il lui a volé sa réplique. Eh, mais c'est celle qui m'a traité comme un bébé. Bien fait pour elle !

Fiona arrive à toute vitesse et s'affale dans son siège.

– Ce voyage est si excitant, tu ne trouves pas ? s'exclame-t-elle avant de pousser un soupir exagéré.

Je souris.

– J'en ai des frissons.

Ma réponse n'est pas malhonnête après tout. Depuis mes quatre ans, j'ai passé plus de temps dans les airs qu'en cours de judo. Et pourtant, j'adore le judo : j'y vais deux fois par semaine et je suis ceinture bleue ! Mais ma passion, c'est le vol. Et c'est à mon père que je dois toutes mes heures de pratique. Il m'a emmené dans son avion biplace Ikarus C42 des dizaines de fois. La mégaclasse !

Je ne peux pas obtenir mon brevet de pilote avant mes seize ans, mais ça n'a pas empêché Daddy de me laisser prendre les commandes lorsqu'on était dans les airs. En fait, voler n'est pas bien compliqué. C'est l'atterrissage qui est beaucoup moins facile.

De ma fenêtre, je vois en contrebas les monts enneigés, ainsi que les routes et les maisons entassées. Katmandou paraît minuscule vue d'ici, alors qu'elle compte plus d'un million d'habitants.

Mon cœur se soulève : je sens que notre Airbus A350 pique du nez en direction de la piste d'atterrissage. J'arrive, Daddy !

Après l'atterrissage à l'aéroport Tribhuvan, il nous faut presque une heure pour passer le contrôle et nous diriger vers la sortie. Notre groupe se faufile tant bien que mal dans les couloirs bondés de l'aéroport. Je suis de plus en plus nerveux.

– Restez groupés et gardez un œil sur la personne qui vous précède, prévient l'accompagnateur.

Non merci ! C'est le moment ou jamais pour filer. Comme j'ai voyagé léger, pas de valise à récupérer, tout tient dans mon sac en bandoulière. Je m'accroupis pour faire semblant de lacer mes chaussures. En un rien de temps, la foule me sépare de mon groupe qui s'éloigne.

Sans hésiter, je me relève et je fonce... tête la première dans un panneau publicitaire : *Svagatam – Welcome in Nepal.* On y voit la photo d'une femme à la peau brune, un point rouge au milieu du front, et vêtue de couleurs vives. Elle joint les mains à plat, le sourire aux lèvres. En voilà un accueil charmant. Je souris à mon tour.

Je jette un dernier coup d'œil en direction de mon groupe. Je les aperçois de dos, ils n'ont pas encore remarqué mon absence. Pour l'instant, tout se passe comme sur des roulettes !

Je sors discrètement ma pochette que je garde autour du cou pour regarder de nouveau les billets de banque que j'ai retirés au bureau de change. Ils sont tout colorés, on les croirait sortis d'un jeu de société. On y voit des montagnes et des personnes d'un certain âge affublées de drôles de chapeaux. Il y en a même un qui représente un gros éléphant avec d'énormes défenses. Il est bizarre ce pays ! Je replace la pochette sous mon tee-shirt et je scrute les alentours.

Soudain, j'aperçois un homme grand et louche. Il épie par-dessus son journal plus qu'il ne le lit. Il est roux, avec une queue-de-cheval : je ne pense pas qu'il soit du coin. On dirait qu'il cherche quelqu'un. Et là, nos regards se croisent. Il prend une mine étonnée, comme s'il avait vu un revenant. Pire, il ne me quitte plus des yeux ! Je n'aime pas trop ça.

Je baisse la tête et poursuis mon chemin.

Je compte jusqu'à dix, puis je me retourne furtivement. Ce n'était pas mon imagination : cet homme me suit des yeux ! Nos regards se recroisent un bref instant. Il se lève et se dirige vers moi. Mon sang ne fait qu'un tour.

J'ignore ce que ce gros bras me veut, et je n'ai vraiment pas envie de le savoir. Je me mets à courir aussi vite que je peux. La foule ne me facilite pas la tâche. Elle finit même par m'emporter. Je ne vois plus rien et il règne un brouhaha infernal. Je me dresse sur la pointe des pieds à l'affût d'un panneau de sortie. Rien. J'arrive finalement à m'extirper du flot des voyageurs et regarde dans toutes les directions.

Vite, vite, un repère !

Tout à coup, quelqu'un me rentre dedans. Je crie, plus de peur que de douleur. Je me retourne et vois par terre un garçon à la peau brune et au crâne presque rasé. Lui aussi a l'air étonné de me voir.

Je lui tends la main pour l'aider à se lever et lui dis :

– *Sorry*.

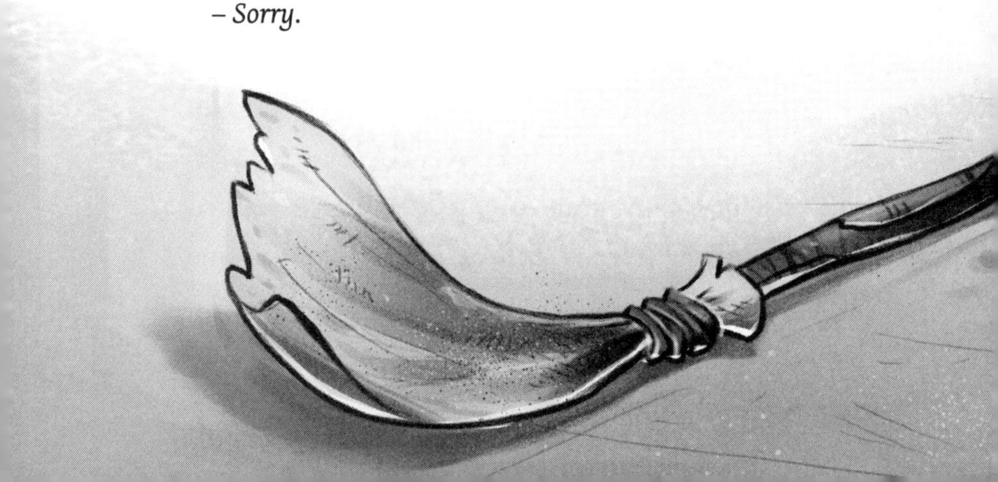

Le garçon ne comprend peut-être pas l'anglais. Il ne me répond pas, mais me dévisage comme si je venais d'une autre planète. De nous deux, c'est pourtant lui qui a l'allure la plus étrange. Il porte une sorte de toge orange clair, une ceinture rouge et des sandales de bois. Des sandales de bois !

– Tout va bien ?

Il ne me répond toujours pas. Il se contente de me fixer, la bouche ouverte.

Puis, il ramasse son balai de paille et, en s'approchant de moi, il précède chacun de ses pas d'un coup de balai sur le sol.

Il est complètement cinglé ce garçon ? Je lui souris cordialement et le salue de la main.

– Je dois y aller.

Je reprends mon chemin et je m'efforce cette fois de ne pas me retourner. Son regard était étrangement déconcertant.

Décidément, cette ville ne manque pas d'énergumènes !

Tandis que je passe devant une vitrine, je remarque que le garçon me suit. Il continue de passer frénétiquement le balai devant lui.

C'est pas vrai ! Que me veut-il ? Et à quoi joue-t-il avec son balai ?

Au moins, j'ai semé le grand roux à la queue-de-cheval, c'est déjà ça.

J'aperçois une porte vitrée, la rejoins en slalomant entre les passants. Les flèches vertes doivent indiquer la sortie, enfin j'espère. Il y a des policiers partout ! On ne peut pas les rater, avec leur uniforme bleu turquoise. Je ralentis pour ne pas attirer leur attention.

Je n'ose pas jeter un coup d'œil derrière moi. Je suis les flèches. Me voilà enfin sorti de l'aéroport ! Cependant, je n'ai pas le temps de souffler que le type baraqué à queue-de-cheval surgit à son tour. Je saute derrière une armoire électrique et retiens mon souffle. Je jette un coup d'œil discret : ouf, l'individu part dans la direction opposée.

Victoi...

Oh non, revoilà maintenant le garçon à l'accoutrement bizarre. Je suis repéré ! Il continue de me suivre en balayant devant lui. C'est pas possible, il a un grain.

Je dois m'enfuir !

La route derrière moi doit bien avoir une centaine de voies. Il y a des voitures partout, mais aucun feu tricolore, juste un policier qui régule la circulation du haut d'un piédestal. Il gigote dans tous les sens, le pauvre. Son masque sert probablement à le protéger des gaz d'échappement. Il ne me voit pas et relance la circulation pile au moment où je veux traverser. Il y a de tout : des voitures, des bus, des camions, des animaux... Ça alors, des animaux ! Mais aussi des pousse-pousse de toutes les couleurs, des mobylettes et des motos. Tout ça dans un tintamarre de klaxons.

Tant pis, je me lance. Les pneus crissent. Un bœuf mugit. Par miracle, j'arrive entier de l'autre côté. Pas le temps de réfléchir, je continue. Mais où ? Entre deux maisons, dans une ruelle étroite : peu importe tant que je suis en lieu sûr.

Je ne me serais jamais imaginé que Katmandou était aussi dépaysante. Les rues et les façades grisâtres des bâtiments font un triste contraste avec les vêtements et les véhicules hauts en couleur.

J'ai froid. Je relève le col de mon manteau. Un vent glacial siffle dans les rues. Au loin se profilent les sommets

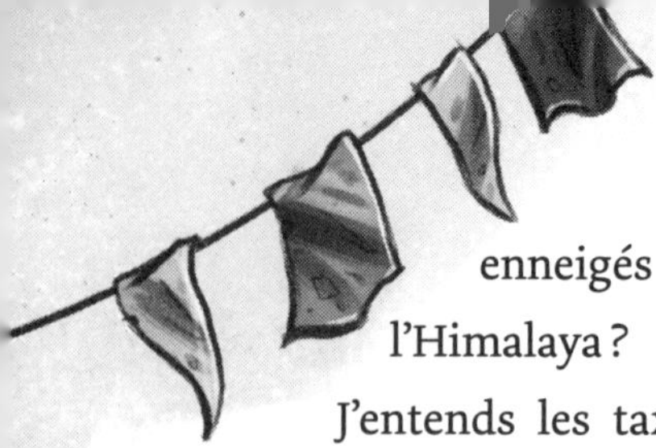

enneigés d'immenses montagnes. Serait-ce l'Himalaya ?

J'entends les taxis et les boutiques passer le même genre de musique exotique que met ma mère pendant ses exercices de yoga. Partout autour de moi, des drapeaux de prière dansent au gré du vent. D'après ce que j'ai lu, ils sont censés porter au ciel les vœux de ceux qui les suspendent. En tout cas, c'est un spectacle magnifique.

Pour la première fois depuis mon arrivée, je m'arrête et prends le temps d'apprécier ce qui m'entoure. Les odeurs, les sons, les couleurs. Les habitants.

Refaisons le point. J'ai atteint mon premier objectif pour retrouver Daddy : je suis au Népal. Je n'arrive pas à croire que je suis à Katmandou.

Qu'est-ce que je fais maintenant ? J'ouvre le journal d'expédition à la recherche d'un indice pour savoir où me rendre. **Page 4**, c'est ça !

Bon, la première étape est simple : je dois découper les deux disques du journal d'expédition. Les petites flèches m'indiquent comment je dois les superposer. Ensuite, je dois trouver le nombre dont Daddy parle, puis faire tourner le petit disque d'autant de cases.

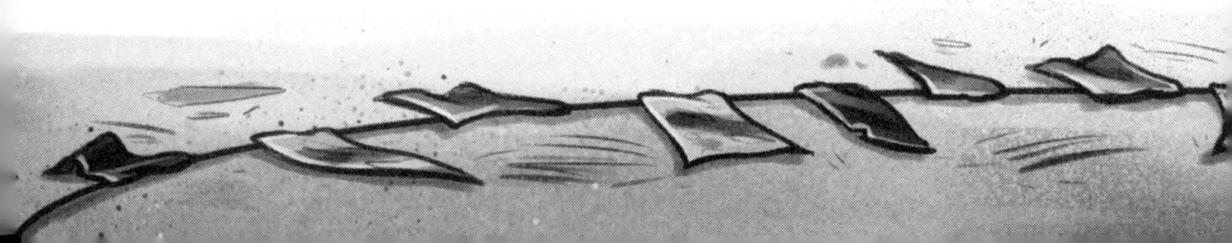

Mais comment trouver ce fameux nombre ?

Je relis l'entrée de journal, encore et encore.

C'est vrai qu'on a dû regarder *Le Livre de la jungle* une bonne centaine de fois avec mon grand-père ! Je me souviens de notre scène préférée. Le roi Louie et sa troupe de singes se mettent à chanter et danser dans les ruines d'un temple.

Mais quel est le rapport avec Katmandou ? Il n'y a rien qui ressemble à cette scène ici.

J'ai beau cogiter, je ne trouve pas de solution.

Perdu dans mes pensées, je sors de mon sac un sandwich qu'on nous a donné dans l'avion. Je mords dedans. Ah, tomate mozzarella ! Je déteste ça ! Je n'ai même pas le temps de le ranger dans son emballage que quelque chose me saute dessus et me l'arrache. Je hurle, paniqué.

C'est un singe ! UN SINGE M'A SAUTÉ DESSUS ?!

Stupéfait, je regarde le singe inspecter mon… *son* sandwich, l'ouvrir et renifler la garniture. Il fait la grimace, extrait la garniture du pain et la balance. Une tranche de tomate s'écrase sur mon pantalon. Ça n'a pas l'air de gêner le petit voleur. Il mord à pleines dents dans le pain. Je peux dire adieu à mon petit déjeuner. Bah, au moins, j'aurai vu de près un singe se nourrir.

Un deuxième singe surgit de derrière un panneau publicitaire. Puis un autre encore. Il y en a toute une troupe en fait !

Ils ne comptent pas laisser le premier déguster seul son sandwich. Ils se ruent sur lui, mais trop tard : il l'engloutit d'un coup, grimpe à un poteau, s'agrippe à une ligne téléphonique, puis la parcourt jusqu'au sommet d'un bâtiment où il se volatilise. Ses compères le poursuivent : ils n'ont pas dû apprécier ses singeries.

Pendant tout ce temps, je les observe, ébahi. Mon regard s'arrête sur l'affiche d'où ils provenaient tous. C'est une photo d'un immense bâtiment doré, gardé par deux statues imposantes en forme de singes !

Come to Swayambhunath – the Monkey Temple, on peut lire. « Venez à Swayambhunath, le temple des singes. »

Le reste est écrit dans un alphabet que je ne comprends pas. Je suppose qu'il veut dire la même chose en népalais. À l'arrière-plan de l'affiche se trouvent plein de petits bâtiments aux toits pointus. On y voit des singes se promener librement partout sur le site.

Et tout à coup, ça fait tilt. Mais oui, Swayamachinchose, le temple des singes : comme dans *Le Livre de la jungle* !

Aucun doute possible, c'est là que Daddy veut que je me rende.

Je mémorise le nom et file vers une grande rue pour demander mon chemin. Je monte dans un pousse-pousse, qui, en échange d'un billet rose avec un éléphant dessus, traverse la moitié de la ville dans une course effrénée. Environ trente-six millions de marches super raides plus tard, me voilà sur le site du fameux temple des singes. Et je comprends pourquoi on l'appelle comme ça : il y a des macaques partout !

Cet endroit regorge de merveilles, mais je me concentre sur l'indice de Daddy. Il m'a dit de compter les yeux. Lesquels ? Je vois bien des moines et des singes, mais leur nombre doit changer en permanence. Le plus haut bâtiment, celui qui était au milieu de l'affiche, à la forme d'un gros dôme blanc, me fait penser à un château gonflable, surmonté d'un grand toit pointu. De ce toit s'étendent de longues cordes dans toutes les directions. Sur chacune d'elles sont suspendus d'innombrables carrés de tissus colorés. Ce sont des drapeaux de prière, comme ceux que j'ai vus en ville. J'ai du mal à maintenir mon regard sur ce toit doré, car les rayons du soleil s'y reflètent et m'éblouissent. Pourtant, j'ai la drôle d'impression que ce bâtiment m'observe. Je fais visière avec ma main et plisse les yeux. Mais non, je ne suis pas fou : il m'observe vraiment ! Là, entre le toit pointu et le dôme blanc... on y a peint des yeux !

Je vais voir ça de plus près. Effectivement, on a peint des yeux bleus et marron sur les quatre côtés du bâtiment. C'est comme s'ils surveillaient les quatre points cardinaux.

En tout, il y en a donc huit. Je ressors le journal. Ça vaut le coup d'essayer.

Je superpose les deux disques, en faisant coïncider la flèche de l'un avec celle de l'autre. Je fais tourner le petit disque dans le sens des aiguilles d'une montre, selon les instructions. Il y a huit yeux, donc je tourne de huit cases.

Les lettres du mot-énigme de Daddy correspondent au grand disque : je les remplace par celles du petit disque correctement placé : le Z devient S, le I devient H, le U devient I… et je continue jusqu'à trouver la solution.

Enfin je crois…

Le mot que j'ai trouvé est un peu bizarre. Du moins, il sonne exotique. Peut-être existe-t-il un lieu du nom de…

Chapitre 3

Cookie et Mojo

Shipangma ?

Est-ce que c'est la bonne solution ? Anxieux, je consulte une carte. Il existe bien un petit village de montagne de ce nom, mais il est si loin de Katmandou. Je n'ai aucune idée de comment m'y rendre.

Ça n'a pas de sens. Mon père ne peut pas s'être imaginé que je serais capable de me débrouiller seul pour aller jusque-là. Je ne suis qu'un enfant, enfin !

Maintenant que j'y pense, ça lui ressemble bien. Il a toujours eu une telle confiance en moi. Je crois qu'il surestime mon courage.

Et pour cause. Je suis complètement perdu. Je ne sais pas où je suis, ni ce que je dois faire pour me rendre à ce village. J'ai froid. J'ai faim. Et en plus j'ai besoin d'aller aux toilettes.

J'erre maintenant depuis une heure dans les rues, à me demander comment j'ai pu croire une seule seconde que mon plan allait marcher. Qu'est-ce que je raconte, il n'y a jamais eu de plan : le voilà, le problème. Je me suis embarqué dans une aventure sans queue ni tête.

« Shipangma ! » Je prononce de nouveau ce nom à voix haute. Il est aussi dépaysant que menaçant. Qu'est-ce qui m'attend là-bas ? Mais surtout, par quel moyen m'y rendre, nom de nom ?

Je me ressaisis. Il me faut plus d'indices.

Je continue de suivre les indications de Daddy. J'ouvre le journal d'expédition aux **pages 6 et 7.**

Super. Des roues chiffrées, un texte indéchiffrable, pour changer. Des barres et des points, et des histoires de nuages à dépasser. Je suis plus perdu que jamais. Qui peut bien comprendre ça ?

Soudain, on m'interpelle.

– Hey, Chico ! *¿Hablas español? Sprechen Sie Deutsch?* Tu parles français ?

Je fixe bouche bée le garçon qui vient de jouer les traducteurs automatiques. J'étais loin d'imaginer que j'entendrais ma propre langue à l'autre bout du monde.

Je bredouille :

– Euh, français...

Mon interlocuteur s'incline.

– Bonjour, très cher, lance-t-il en passant sa main dans ses cheveux noirs ébouriffés.

Ce garçon a une allure pour le moins… négligée. Son pantalon marron est poussiéreux et élimé, son tee-shirt est aussi troué que crasseux, et je ne parle pas de ses chaussures tout simplement bonnes à jeter. Il me fixe du regard en souriant : il lui manque même une incisive. J'espère pour lui que c'était une dent de lait.

– Comment ça va ? me demande la fille qui se tient à ses côtés.

Elle me sourit, elle aussi. La blancheur de ses dents contraste avec son visage tout sale. Ses cheveux sont complètement emmêlés. À vue de nez, elle doit faire ma taille. Elle porte un sweat-shirt rayé bien trop grand pour elle, l'obligeant à remonter ses manches régulièrement. Il est tellement maculé de taches que je ne peux même pas dire de quelle couleur étaient ces rayures à l'origine.

Je bégaie un peu :

– Je… merci… euh… bien, mais, euh… comment ça se fait que vous parlez français ?

Le garçon répond :

– Le monde entier est notre maison. Je parle quelques langues, mais ma sœur jumelle ici présente les connaît à peu près toutes !

– Toutes, sans exception ! corrige la fille d'un vif hochement de tête.

Et pour le confirmer, elle se lance dans une tirade :

– *¿Cómo te llamas? Me llamo Cookie!*

– Ça, c'est de l'espagnol, Chico, explique son frère. Elle vient de te donner son prénom : Cookie !

Je ne suis ni en mesure de le confirmer ni de l'infirmer, vu qu'à part le français et quelques mots d'anglais je ne parle aucune autre langue. Cela dit, je sais pourquoi il m'appelle Chico. Ça veut dire « garçon » en espagnol, il me semble.

La fille ne s'arrête pas en si bon chemin, elle continue avec son charabia de blabla *della plate*, blabla *bello ragazzo*. Je lui adresse un sourire gêné.

– Impressionnant, hein ? lance le garçon. C'était de l'italien.

Il croise les bras et s'appuie nonchalamment contre une borne à incendie dégoulinante. Au-dessus de lui, un singe court le long d'un câble électrique.

– Au fait, moi, c'est Mojo. Ça signifie « chance ».

Je hoche la tête.

– Salut, Mojo.

Que me veulent-ils, ces deux-là ? Je vais éviter de les contrarier car je n'ai pas envie qu'on retrouve mes restes dans un coin de ruelle malfamée. Et d'ailleurs, la bosse dans la poche du pantalon de Mojo me fait penser à un couteau, je n'aime pas trop ça. Ils n'ont pas l'air méchants, mais ça ne veut rien dire. Il vaut mieux trouver un moyen de leur fausser compagnie.

Mojo interrompt mes pensées :

– Cookie, fais-lui écouter ton russe !

Cookie sourit.

– ты мне очень нравишься.

– Waouh !

C'est vrai qu'elle est impressionnante.

– Encore une autre langue ! réclame Mojo.

Cookie ouvre grand la bouche et il en sort un drôle de chant très articulé. Je n'ai jamais entendu ça.

– C'était du swahili, explique fièrement Mojo.

Le sourire de Cookie n'est pas tant fier qu'adorable. Enfin, je crois. Difficile à dire avec cette couche de crasse sur ses joues. Ce sont des enfants des rues, j'en suis certain.

Mojo poursuit :

– Alors ? Tu ne penses pas que cette prestation sur les langues du monde vaut bien cent roupies ?

La joie sur mon visage disparaît instantanément.

– Ou au moins cinquante paisas ?

Je secoue la tête en retournant mes poches vides. Je ne suis pas stupide ! Évidemment que je ne me balade pas les poches pleines d'argent dans un pays étranger et dangereux. C'est pour ça que j'ai ma pochette autour du cou. Ça m'étonnerait qu'ils la soupçonnent.

– C'était vraiment chouette, mais maintenant il faut que j'y aille.

– Attends, Chico : que dirais-tu d'un peu de chinois ?

– 我把昨天的画报丢在垃圾桶了, dit la fille.

Effectivement, pour moi, c'est du chinois.

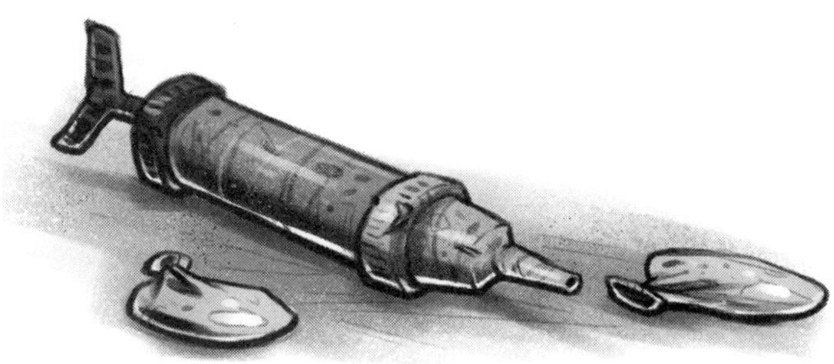

– Bravo, la classe. Bien joué.

Je lève les deux pouces et leur fais un clin d'œil. Puis, je tourne les talons et je m'éloigne. À vrai dire, mon rythme est plus proche de la course que de la marche.

– Eh, Chico ! Où te précipites-tu donc ?

Je réponds par dessus mon épaule :

– Ailleurs, loin d'ici.

– Une petite seconde ! Tu aimes bien les singes ? Je t'en fabrique un, regarde !

Ma curiosité l'emporte, je me retourne. À toute vitesse, le garçon sort de son sac à dos un ruban de plastique et une pompe à air. Le ruban s'avère être un long ballon de baudruche, qu'il gonfle en un éclair avant de le manipuler et de le tortiller. En un rien de temps, il en fait un joli petit singe jaune qu'il me lance.

– Tiens, ton singe. Contre cinquante roupies.

Je secoue la tête, lui renvoie son singe et me retourne. Ce n'est pas un ballon de baudruche qui va me tirer d'affaire.

– Mais, Chico, on peut t'aider, tu sais.

– Je n'ai pas besoin d'aide.

Le garçon se met à rire.

– Tu es tout seul à Katmandou. Évidemment que tu as besoin d'aide.

– Qu'est-ce qui te fait dire ça ?

– Ça crève les yeux que tu es perdu et que tu n'as nulle part où aller.

Cette dernière phrase sonne comme une menace. Je prends mes jambes à mon cou. Puis, au premier carrefour, je m'arrête devant un méli-mélo de couleurs. Des gens, des animaux, des voitures qui klaxonnent, des mobylettes, des gaz d'échappement nauséabonds et encore plus de gens. Je dois me rendre à l'évidence, Mojo a raison. Je n'ai aucune idée d'où je vais. Je suis perdu. Perdu à Katmandou. Que faire ? Où trouver le prochain indice ? Qui pourrait bien comprendre ce fichu code à points et à barres ?

Cookie… mais oui !

Bon, en effet, peut-être qu'un petit peu d'aide me serait utile. Je retourne voir les deux enfants des rues et je m'adresse à Cookie.

– C'est vrai que tu parles toutes les langues du monde ?

– *Ja. Si. Da. Yes.* Salut !

– Crois-moi, tu n'as jamais vu de fille aussi intelligente, m'assure son frère.

– Bien. Dans ce cas, donnez-moi une seconde.

Je me retourne pour recopier sur un morceau de papier les points et les traits qui figurent sur le journal de mon père. Puis, je tends le papier à la fille.

– Alors, tu sais aussi lire ça ?

Après un court instant, elle hoche la tête.

– Sans problème ! C'est un jeu d'enfant.

– Ah bon ? Tu comprends ce charabia ?

– Évidemment.

Je me demande si je peux lui faire confiance.

– Qu'est-ce que ça signifie ?

Cookie est sur le point de me répondre, mais Mojo lui met la main devant la bouche.

– Pas si vite ! Ce service n'est pas gratuit, Chico ! Cette info te reviendra à… cinq cents roupies.

– Cent.

– Quatre cents.

– Cent cinquante.

– Trois cent quatre-vingt-dix-neuf virgule quatre-vingt-dix-neuf !

Je fronce les sourcils.

– C'est ça que tu appelles négocier ? J'en offre deux cents, pas un centime de plus !

– OK, répond Mojo.

Vu son sourire satisfait, je pense que je me suis fait avoir. Le garçon se tourne vers sa sœur.

– C'est bon, tu peux lui traduire ça.

Cookie s'éclaircit la voix, regarde de nouveau le code que j'ai écrit.

– Non, me fait-elle.

– Quoi, vous voulez encore plus d'argent ?

– Toujours ! rétorque immédiatement Mojo.

Cookie secoue la tête.

– Non, je ne te le dis pas, parce que je pense que tu peux y arriver seul. C'est du Morse. Tous les enfants connaissent le Morse.

Je réponds à mi-voix :

– Pas moi.

– Alors, je vais te l'apprendre.

Elle s'assoit sur le bord du trottoir, me prend la feuille et le crayon des mains, et se met à écrire.

– En revanche, ça va te coûter plus cher, précise Mojo.

Ni sa sœur ni moi ne lui prêtons attention.

– En fait, il te suffit de connaître trois signes, m'explique Cookie. Le point, le trait et l'espace entre ces signes. Ils décrivent à eux seuls tous les mots et les nombres existants.

Elle écrit chaque lettre de l'alphabet, et à côté, une série de points et de traits.

– C'est comme ça qu'on écrit les lettres en morse. Comment tu t'appelles ?

Après un instant d'hésitation, je lui dis la vérité.

– Lias.

– OK, Lias, regarde bien.

En un rien de temps, elle dessine une série de points et de traits. Puis, elle me tend la feuille.

– Voilà comment on écrit ton prénom en morse.

Je regarde la combinaison de points et de traits sur le papier :

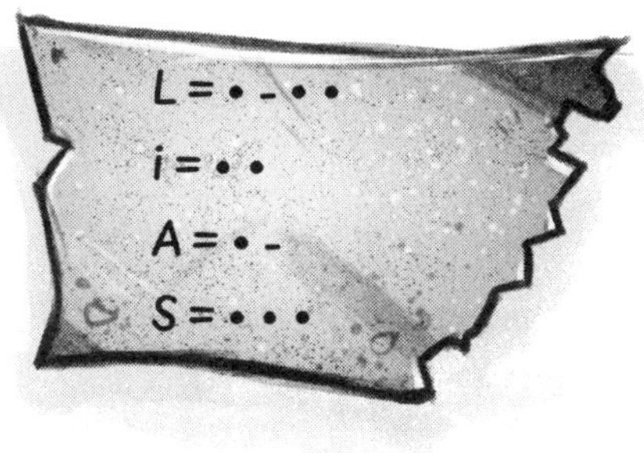

– Et quel âge tu as ?

– Onze ans.

Elle glousse.

– C'est marrant, moi aussi… Je crois.

Elle souffle sur son front pour dégager une de ses mèches emmêlées, puis commence à écrire.

– Tiens.

Je regarde de nouveau la feuille.

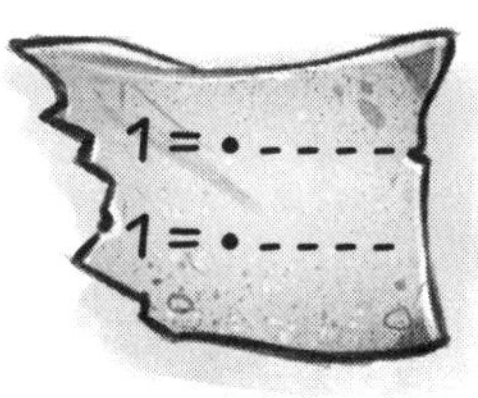

– Tu as compris ?

Je compare ce qu'elle vient d'écrire avec l'alphabet Morse.

– Je crois que oui.

– Bien !

À en juger par son sourire, Cookie a l'air sincèrement contente.

– Tu peux donc me dire ce qui est écrit sur ton morceau de papier.

J'analyse de nouveau le code de mon père que j'ai recopié sur la feuille. Grâce à l'alphabet Morse écrit par Cookie, je peux le déchiffrer lettre par lettre. Il ne me faut pas longtemps pour trouver la solution à l'énigme de Daddy.

Regarde le rabat arrière de ton livre : tu y trouveras le **kit des intrépides**, où figure notamment l'alphabet Morse écrit par Cookie. Cet alphabet t'aidera à déchiffrer le code de la page 7 du journal d'expédition.

Chapitre 4

Par-delà les nuages

– 9N-BXM.

Je suis perplexe.

– C'est ça qui est écrit ?

Cookie sourit.

– Exact !

– Mais ça ne veut rien dire !

Elle hausse les épaules.

– Ça, ce n'est pas ma faute. Tu voulais déchiffrer ce code, tu l'as fait.

– Histoire d'être sur la même longueur d'onde, Chico, enchaîne Mojo, tu nous dois quand même le blé, *comprende* ? C'est clair ?

Cette combinaison me dit quelque chose, mais j'ai beau remuer ces lettres et ces chiffres dans ma tête, je ne vois pas ce que Daddy veut dire. Peut-être que leur ordre est important ?

Ça commence par 9N.

Je suis certain d'avoir vu ça il n'y a pas longtemps. Mais oui, bien sûr ! Quel idiot ! Pourquoi je n'y ai pas pensé plus tôt ?

– Vite ! Je dois retourner immédiatement à l'aéroport. Vous pouvez m'aider ?

– Mais naturellement, mon cher, répond Mojo avec un sourire qui annonce la suite. Moyennant un petit pourboire, bien entendu.

Je leur explique brièvement mon plan, après quoi nous nous mettons en chemin. Ils me guident à travers toutes sortes de ruelles et d'allées. Nous arrivons enfin devant le terrain clôturé.

– Donc en gros, ton plan consiste à voler un avion ? demande Mojo.

Les jumeaux me regardent, dubitatifs. Mojo coince ses pouces sous la ceinture de son gros sac à dos. Il l'a sorti de l'entrée d'une maison avant qu'on se mette en route.

– Je ne veux pas le voler... juste... l'emprunter. Et puis c'est un petit avion léger, pas comme on a l'habitude de voir.

Bon, même moi, je ne me trouve pas très convaincant.

– Et puis de toute façon, j'ai bien l'intention de le ramener une fois qu'il ne me servira plus.

– C'est de la folie, juge Mojo. En même temps, ce n'est pas étonnant de la part d'un enfant qui erre tout seul dans les rues de Katmandou. Est-ce que tu ignores que c'est la ville la plus dangereuse au monde ?

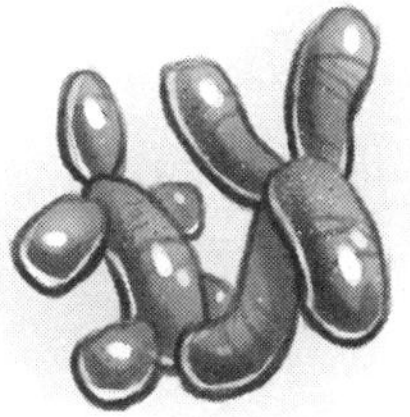

Il a murmuré ces derniers mots comme si quelqu'un nous épiait en ce moment même. Je réponds sans hésiter :

– Je n'ai pas peur. Et puis, vous avez dit que vous m'aideriez !

– Mais on t'a déjà aidé. On t'a mené à destination. Trois cents roupies, je te prie.

C'est la somme convenue avant le départ. J'ai effectivement eu besoin de leur aide plus que je ne le pensais, car mon objectif n'était pas celui que je croyais. Les jumeaux m'ont appris que ce n'est pas à l'aéroport où j'ai atterri qu'il fallait me rendre, mais à un aérodrome à la périphérie de la ville. C'est là que les civils vont et viennent avec leurs petits avions et ULM. Et ce que je recherche n'est justement pas bien grand : il doit y avoir de la place pour deux personnes tout au plus.

Pendant le trajet, Cookie m'a parlé dans toutes les langues du monde. Elle est drôle. En revanche, ce Mojo ne m'inspire pas confiance. Il n'a pas arrêté pas de me poser des questions indiscrètes, comme d'où je venais et ce que j'étais venu faire là. Il m'a aussi demandé si j'étais bon au carrom – qu'est-ce que c'est que ce truc ? Ou encore quelle était mon équipe de cricket préférée, est-ce que j'avais déjà mangé de la viande de yack…

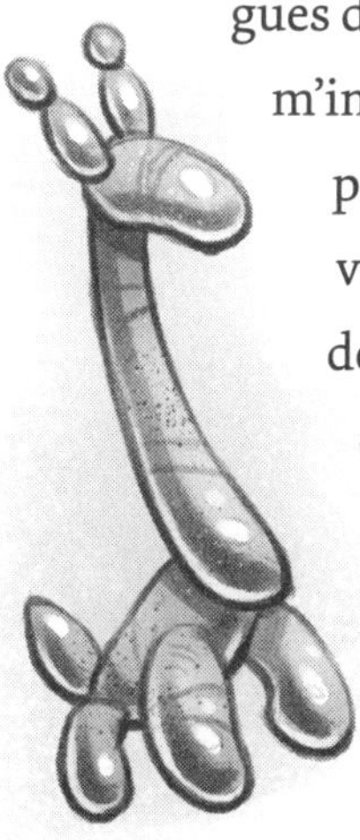

Comme si ça ne suffisait pas, il me casse les pieds pour que je lui achète ses ballons-animaux à prix exorbitants.

Cependant, je dois l'admettre, ils m'ont tous deux mené à bon port. Ouf !

De là où on est, on peut voir les fuselages de différents types d'avions. Chacun d'entre eux est identifié par une combinaison de lettres et de chiffres. C'est bien ce que je pensais : 9N est le préfixe népalais pour les immatriculations d'appareils volants. C'est par lui que commence chaque numéro. Chaque pays dans le monde en a un : en France, c'est F, en Suisse c'est HB et en Allemagne, c'est D. Visiblement, au Népal, c'est 9N.

Ce préfixe est suivi d'une combinaison de lettres et de chiffres qui identifient l'aéronef de façon unique. C'est un peu la plaque d'immatriculation des avions. Il est maintenant clair que Daddy a voulu me mener à son avion pour voler jusqu'au village au nom imprononçable. Je n'ai plus qu'à trouver cet avion en question. Mais où peut-il bien être ?

Un grand hangar de couleur vert-olive se trouve au bout de l'aérodrome plutôt désert. Depuis notre arrivée, deux engins ont décollé et un a atterri. C'est plutôt bon signe. Moins il y a de monde et plus il sera facile de s'infiltrer et de voler l'avion… Je veux dire le subtiliser… Enfin l'emprunter… Bref, je me comprends !

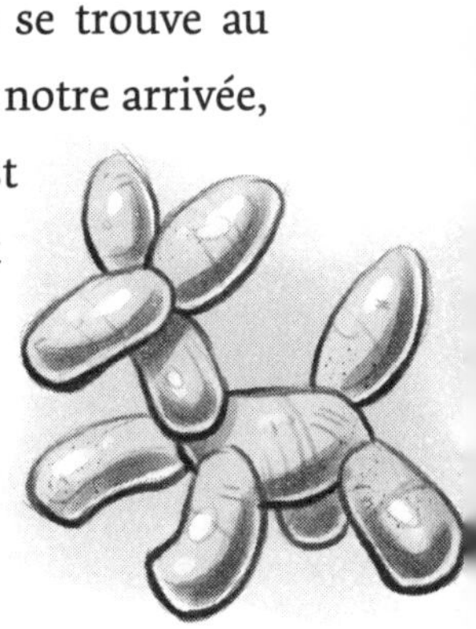

Il reste un obstacle gênant entre moi et mon objectif. La clôture !

– On ne peut pas se pointer comme ça par le portail d'entrée. Mais impossible de grimper par-dessus le grillage : il est rehaussé de fil barbelé !

– J'aurais bien une solution, mais elle te coûterait trois cents roupies.

Oui, c'est Mojo qui vient de dire ça, évidemment !

Je réponds fermement :

– Cent.

– Deux cent cinquante.

Il veut me plumer, c'est pas possible.

– Cent cinquante.

– Deux cents.

– Cent soixante-quinze.

– Tope là !

Je n'ai même pas le temps de réagir qu'il me lève la main pour taper dedans. Puis, il enlève son sac à dos, ouvre la fermeture éclair et en sort un outil.

– Qu'est-ce que c'est ?

– Une pince coupante.

– Oh.

Il se place à côté de moi et observe le grillage.

– Rien de plus facile ! Si vous voulez bien régler la note auprès de mon assistante.

Cookie tend la main.

– Ça fera donc cent soixante-quinze roupies, mon bon monsieur.

De nouveau, je me retourne pour qu'ils ne voient pas que l'argent provient de ma pochette. Je convertis la somme en euros dans ma tête. Jusqu'ici, l'aide des jumeaux m'a coûté en tout cinq euros. Pour moi, c'est peu, mais peut-être que pour eux c'est une grosse somme d'argent.

En deux temps trois mouvements, Cookie compte les billets et lance un signe d'approbation à son frère, avant de glisser l'argent… dans sa chaussette droite. Mojo jette un coup d'œil autour de lui, puis il découpe le grillage avec sa pince en moins de temps qu'il me faut pour finir cette phrase… De toute évidence, ce n'est pas la première fois qu'il fait ça.

Nous nous introduisons sur le terrain d'aviation par le trou dans le grillage. J'ai l'impression d'être dans un film d'espionnage, où on se cache derrière de gros barils d'essence pour échapper à la vigilance des méchants. Juste devant l'immense hangar en forme de demi-cylindre se trouvent une douzaine d'avions bariolés : je n'ai jamais vu autant de couleurs sur si peu de surface. De ma cachette, j'essaie de lire les matricules sur les fuselages… Le voilà : le numéro 9N-BXM !

Mon doigt pointe machinalement dans la direction de l'avion. Mojo hoche la tête et fonce vers le hangar.

Je prends mon courage à deux mains et le suis. J'entends les pas légers de Cookie derrière moi.

Nous voilà tous les trois devant l'avion. Il est blanc, avec seulement deux bandes rouges en forme de vagues sur les côtés. Daddy me faisait monter dans un Ikarus C42, mais l'avion devant moi est un autre modèle. Évidemment : pourquoi faire simple quand on peut faire compliqué ? Si je devais deviner, je dirais que c'est un Cessna 152.

Derrière l'avion, une grande affiche est placardée sur le hangar. On y voit un gros massif montagneux. Je ne sais pas pourquoi, mais elle me met mal à l'aise...

Je respire à fond, m'avance jusqu'à la portière et me prépare à l'idée de décoller.

– Zut ! C'est fermé à clef !

Accablé, je baisse la tête. D'un autre côté, je dois avouer que ça me soulage un peu. Franchement, se lancer tout seul dans les cieux de l'Himalaya, c'est de la folie pure. De toute façon, comme la portière est verrouillée, je peux faire une croix sur mon plan.

– Tu permets ?

Mojo me pousse sur le côté et sort quelque chose de sa poche de pantalon. On dirait un couteau suisse. Un énorme couteau suisse. Il est aussi épais qu'un poing et fait une bonne vingtaine de centimètres de long. Ce truc doit être doté de tous les accessoires possibles et imaginables.

K2

– Voyons voir.

Il analyse le verrou et étouffe un rire ironique.

– Même ma grand-mère en viendrait à bout avec un cure-dent.

Il examine son couteau suisse à la recherche de l'outil adéquat, puis il déverouille la portière en une dizaine de secondes.

Bravo, je n'ai plus d'excuse pour faire marche arrière.

J'ai la nausée, mais je joue le jeu du pilote expérimenté. Je grimpe dans l'appareil et m'installe dans le cockpit comme si j'avais fait ça toute ma vie. Je dépose mon sac sur la petite surface derrière mon siège.

À mon grand soulagement, la cabine me rappelle celle du modèle Icarus, en un peu plus spacieuse, même.

En revanche, je ne peux pas en dire autant du tableau de bord, qui contient encore plus d'instruments de vol que l'avion de Daddy.

Ça ne peut pas être bien différent, après tout. Tant que ça vole, où est le problème ?

Une petite voix dans ma tête s'empresse de me répondre : le moteur peut lâcher, le train d'atterrissage peut gripper, je peux perdre le contrôle s'il y a des turbulences, m'écraser sur un flanc de montagne, être à court d'essence. Entre autres.

Je réfrène ces pensées aussi sinistres qu'inutiles et remercie les jumeaux d'un geste de la main.

– Sans votre aide, je n'y serais jamais arrivé.

Cookie m'adresse un clin d'œil et un sourire. Elle est toujours aussi radieuse.

Alors que je m'apprête à fermer la portière, Mojo la retient. Je lui lance un regard déconcerté :

– Vous voulez autre chose ?

– Oui, t'accompagner !

Cookie reste de marbre et Mojo me sourit :

– Je te l'ai déjà dit : c'est un pays dangereux. Un garçon comme toi a besoin de toute l'aide qu'il pourra trouver.

– Tu plaisantes. Vous ne pouvez quand même pas embarquer avec moi ?

Non seulement ils le peuvent, mais ils le font. Avant même que je termine ma phrase, Mojo me lance son sac à dos, que j'attrape maladroitement.

– Dis donc, qu'est-ce qu'il y a là-dedans ? Il pèse une tonne, ton sac.

– Juste le strict nécessaire pour s'en sortir dans la rue. Eh bien, il est étroit, ce cockpit.

– C'est ce que je vous disais. C'est un biplace. On ne tiendra pas à trois là-dedans.

Les jumeaux ne partagent pas mon avis et se serrent l'un contre l'autre sur le siège à côté du mien.

– Cool, se réjouit Mojo, il y a tout plein de boutons et de loupiotes.

Je le mets en garde :

– Bas les pattes !

Je tente de trouver mes repères. Mojo a raison. Des boutons, des interrupteurs et des molettes, il y en a partout. Certains instruments sont faciles à reconnaître : je me souviens de l'indicateur de cap, du compas, du compte-tours, de la jauge de carburant, du tachymètre, de l'indicateur de température et de pression d'huile. Les autres instruments ne me disent rien du tout. Je suppose qu'ils ne sont pas indispensables, pas la peine de s'en soucier.

Ça va aller. Je m'encourage comme je peux. Avant de me lancer, j'observe mes passagers de plus près. À cette distance, il est maintenant clair qu'une bonne douche ne leur ferait pas de mal.

– Vous êtes certains de vouloir m'accompagner ?

Mojo et Cookie acquiescent sans hésitation. Je ne sais pas ce que je dois en penser. Je ne les connais même pas. Si ça se trouve, ils vont me dépouiller à la première occasion, mais je dois admettre que ça me rassure de ne pas être seul dans ce périple. Et quelque chose me dit que leur aide ne sera pas de trop.

– Dans ce cas, préparez-vous au décollage !

Je me familiarise avec le tableau de bord, puis je sors une carte du Népal de mon sac et la pose sur mes genoux.

Cap Nord-Nord-Ouest. Ça ne devrait pas être trop compliqué.

– Avant de partir, il reste une chose cruciale à régler.

Je me penche vers Mojo et le regarde droit dans les yeux.

– Tu vois ce manche devant toi ?

– Oui ! répond-t-il en posant les doigts dessus.

– PAS TOUCHE !

Mojo retire immédiatement sa main en grimaçant.

– D'accooord.

Je vais maintenant faire décoller un avion pour la première fois. J'espère que ce n'est pas la dernière. Je sais ce que je dois faire. Du moins, en théorie. Concentré, je récite en silence la liste de vérifications : boucler la ceinture, mettre le casque radio, vérifier les disjoncteurs, mettre le contact général, rentrer et verrouiller les volets, ouvrir le robinet carburant, mettre la manette des gaz sur ralenti. Ah, et vérifier la jauge à essence : le plein est fait.

Je jette un coup d'œil à travers le pare-brise. Manifestement, cet avion n'est pas pensé pour un pilote enfant. Je dois me lever à moitié pour voir quelque chose.

– Et tu as déjà fait ça ? demande Mojo.

– Des dizaines de fois.

J'essaie de le rassurer, et moi aussi par la même occasion.

J'ai déjà volé, mais mon père ne m'a jamais laissé me charger du décollage ni de l'atterrissage.

– OK, il n'y a rien dans le champ de l'hélice. Et qu'en est-il des conditions météo ? La manche à air rouge et blanche devant le hangar est au repos. On ne devrait donc pas avoir de rafales de vent. La chance est enfin de notre côté.

Le moment est venu de démarrer le moteur. J'ai le souffle court et le cœur qui bat la chamade. L'hélice commence à tourner, de plus en plus vite, jusqu'à devenir invisible. Son bruit résonne dans le cockpit.

Mojo écarquille les yeux. Je le trouve un peu pâle soudain. Cookie, elle, sourit comme toujours.

Je me garde bien d'allumer la radio et le transpondeur. Je n'ai ni brevet de pilote, ni autorisation de décollage, alors on va faire profil bas. Je desserre le frein à main.

Ouah ! On est partis !

On se faufile entre les autres engins, encore quelques mètres avant la piste de décollage. Nous attirons le regard de quelques mécaniciens couverts de cambouis. Par politesse, je leur fais coucou de la main, ce qui ne fait qu'attiser leur méfiance. Heureusement qu'il est trop tard pour nous arrêter.

Je regarde sur les côtés pour m'assurer qu'on ne va croiser aucun autre avion. Ce faisant, je vois quelqu'un s'introduire sur le terrain par le trou qu'on a fait dans le grillage. La personne est loin, je plisse les yeux pour mieux voir. On dirait un homme, grand, aux cheveux longs et roux. Il se dirige vers nous. Il se met même à courir ! Ça me revient, c'est le gars de l'aéroport ! Comment il m'a retrouvé ?

Le regard fixé sur la piste libre, je tire la manette des gaz. On accélère de plus en plus.

– Ouaaah !

Mojo se cramponne à son siège.

– On ne peut pas aller moins vite ?

Je tire la manette à fond.

– Youpiiii ! s'écrie Cookie.

On arrive bientôt en bout de piste. D'une main ferme, je tire le manche vers moi.

On décolle !

Cookie lance un deuxième cri de joie. Bien moins enthousiaste, Mojo fixe l'horizon, blanc comme un linge. Quant à moi, je suis soulagé. Le décollage est un jeu d'enfant, en fin de compte. Je me tourne vers Mojo :

– C'est ton premier vol ?

Il hoche de la tête, muet, et finit par répondre :

– Du moins, autant que je me souvienne.

Je lève les sourcils, confus. Comment on peut oublier si on a pris l'avion ou pas ?

Tandis que je mets le cap sur notre destination, on voit l'aérodrome s'éloigner sur notre gauche. Le type balèze est désormais hors de vue. Tout rapetisse peu à peu : les gens, les maisons, les routes. On croirait voir un tapis de jeu. C'est ce que j'aime avec l'aviation : dominer tout le reste. Je maintiens le cap sur la chaîne de montagnes qui se profile déjà à l'horizon.

L'Himalaya !

Nous sommes maintenant en direction du nord-ouest. Le soleil de midi est au zénith, et ses rayons qui scintillent dans le cockpit me chatouillent le bout du nez. Ça me donne envie d'éternuer. Alors que nous gagnons

en altitude, quelque chose me chiffonne. J'ai tiré à fond la manette de gaz, mais on ne prend quasiment pas de vitesse. Ça ne se passait pourtant pas comme ça avec Daddy. Est-ce que l'avion est trop chargé ? C'est vrai que nous sommes trois. J'examine discrètement mes passagers. Ces deux-là sont sûrement bien trop maigres pour faire la différence. D'un autre côté, l'énorme sac de Mojo compterait presque pour un passager à lui tout seul.

Jusqu'ici, le voyage se passe dans le silence. Mojo semble toujours avoir les jetons, mais Cookie nage dans le bonheur. Je lui demanderais bien si le vol lui plaît, mais les bruits combinés du moteur et de l'hélice rendent toute discussion presque impossible.

– Où est-ce qu'on va exactement ? crie Mojo pour se faire entendre.

– Au village de Shipangma. Du moins, dans ses environs.

– Ah bon. Et ensuite ?

Je hausse les épaules.

– On verra bien.

En fait, je n'ai pas la moindre idée de ce qui nous y attend. Je tiens juste le nom de ce village du journal d'expédition. D'après la carte, il n'y a pas de piste d'atterrissage à proximité, en tout cas pas à plusieurs kilomètres à la ronde. J'espère trouver un nouvel indice sur place.

– Et qu'est-ce que tu comptes faire là-bas ?

Mojo hurle tellement que sa voix déraille.

Je tends la main derrière moi, à la recherche d'un second casque radio, comme celui que j'ai mis avant le décollage. Le voilà.

– Mets ça. On pourra se parler plus facilement.

J'attends qu'il mette son casque.

– Alors, c'est mieux ?

– Beaucoup mieux, répond-il d'une voix nette.

– Je suis à la recherche de quelqu'un.

– Et tu crois qu'il se trouve dans ce village ? Tout là-haut ?

– Oui. Enfin non. Je ne sais pas. C'est compliqué.

– Je vois.

Ah bon ? Même moi, je ne vois pas ce que je veux dire.

Les deux heures de vol à venir vont au moins me permettre de me préparer pour l'atterrissage. Je me demande encore comment je vais m'y prendre.

Soudain, je sens la joue de Cookie sur mon épaule. Elle m'a pris pour un oreiller. J'évite de bouger pour ne pas la déranger. C'est bien un ronflement que j'entends ? Elle s'est endormie ! Cette fille n'a vraiment peur de rien.

Mojo essaie de se mettre à l'aise de son côté, la tête contre la vitre. Lui aussi ferme les yeux. Je vais donc voler seul. Je dois certes garder un œil sur les instruments de bord et sur le cap, mais à part ça, mon trajet va être ennuyeux.

Nous approchons d'une grosse masse nuageuse. Rien d'alarmant, mais ça risque de secouer un peu. J'observe la forme du nuage : on dirait un hippopotame géant en tutu. Je souris, quand tout à coup, une révélation me vient. Daddy parle de nuages dans son journal. « Ne tourne la page que lorsque tu vogueras par-delà les nuages. » C'est ça, il voulait que je profite du temps de vol pour lire la page suivante du journal.

Je me dépêche de le sortir de mon sac, en m'assurant de ne pas réveiller Cookie.

J'ouvre le journal à la **page 8** et relis les mots de Daddy. Peut-être que maintenant j'y trouverai un indice qui m'aura échappé jusqu'à présent.

La solution de l'énigme se trouve à bord ! Pas étonnant que je n'aie rien compris la première fois que je l'ai lue. J'ignorais qu'il était question d'avion.

Toujours avec précaution, je fouille mon sac à la recherche des cryptodisques découpés dans le journal d'expédition. Oui, c'est le nom que je leur ai donné. Cryptodisques. Je trouve ça plutôt classe.

Cookie grogne l'espace d'un instant, mais reste plongée dans son sommeil.

Au verso de chaque cryptodisque se trouvent les chiffres de 0 à 9. Ça suit donc le même principe que pour les lettres au recto. Je relis les indications de Daddy.

Je n'ai aucun mal à trouver le nombre de crans que je dois passer avec le petit disque. Il correspond à l'âge auquel j'ai tenté de faire un salto sur le trampoline. J'ai atterri sur mon bras. *Crac !* C'est le genre de douleur dont on se passerait bien pour son anniversaire. C'était le jour de mes cinq ans.

Je tourne donc le petit disque de cinq crans dans le sens des aiguilles d'une montre. Les chiffres du grand disque qui correspondent aux chiffres 3 et 6 du petit disque sont :

Chapitre 5
Les Jaïns

– 5 et 2.

Mojo se réveille en sursaut : il porte toujours son casque radio.

– Comment ça, 5 et 2 ?! s'écrie-t-il en gesticulant. C'est un code international pour dire qu'on va s'écraser, c'est ça ?

Surpris, je donne un coup de guidon par réflexe, ce qui fait pencher l'avion sur le côté. Mon cœur tressaille.

– Mais non ! Qu'est-ce que tu racontes ? dis-je, agacé.

Je redresse le cap.

Le pauvre Mojo est pris d'une telle nausée qu'il ne trouve rien à me répondre.

Je ne comprends pas… Que signifient ces chiffres ?

L'agitation a aussi réveillé Cookie.

– Tout va bien ? marmonne-t-elle. On est arrivés ?

– En tout cas, on ne s'est pas encore écrasés, maugrée Mojo.

Je ne leur prête pas attention, je dois rester concentré pour résoudre l'énigme de Daddy.

« Pour trouver cette cachette, observe attentivement ce qui t'entoure. Au cours de ton périple, ne te laisse pas distraire par les nombreux cercles sous tes yeux. »

C'est reparti pour un tour ! Mais de quels cercles est-ce que tu parles ?!

Nous approchons des montagnes qui remplissent maintenant la moitié de notre champ de vision.

– Tu cherches quelque chose ? demande Mojo.

– Des cercles.

– Des cercles ?

Je hoche la tête sans quitter les montagnes des yeux.

– Des cercles.

Mojo a un rire nerveux.

– Tu as perdu la tête ?

Je ne ferai pas l'erreur de parler à ce garçon du journal de mon père. Quitte à ce qu'il me prenne pour un fou. Je m'en fiche. Mais peut-être qu'ils peuvent m'aider quand même, lui et sa sœur. Six yeux valent mieux que deux.

– Je cherche des cercles qui seraient sous mes yeux.

Cookie s'approche à quelques centimètres de mon visage.

– Je ne vois pas de cercle sous tes yeux.

– Moi non plus, renchérit Mojo.

– Est-ce que c'est une autre énigme ? demande Cookie.

– Je suis pourtant censé en trouver.

– Des cercles juste sous tes yeux, murmure Cookie.

Puis, elle me colle son index juste sous le nez.

– Mais qu'est-ce que tu fabriques ?

Elle garde le doigt tendu et l'éloigne peu à peu de mon visage, pour le mener droit devant, jusqu'à atteindre le tableau de bord.

– Sous tes yeux ! Tu vois ce que je vois ?

Je suis son doigt. La solution était bien sous mes yeux :

– Les instruments de vol. Le tachymètre, l'altimètre. Ce sont des cercles !

Mojo se penche en avant et fixe le tableau de bord.

– D'accord, mais qu'est-ce que 5 et 2 viennent faire là-dedans ?

– Une seconde. Je réfléchis.

5 et 2 !

5 et 2...

J'observe le tableau de bord. Je crois que j'ai compris. Je dois parcourir les cercles : cinq vers la droite et deux vers le bas. Je pointe du doigt le tachymètre, puis l'indicateur de pression d'huile… Je continue jusqu'à atteindre le cinquième puis je descends de deux cercles. Je tombe sur… l'altimètre ? À bien y regarder, son aiguille reste immobile, alors que celle de l'autre altimètre indique en permanence la bonne altitude.

Je jette un coup d'œil à Mojo.

– Tu peux me passer ton couteau suisse ?

– Bien sûr. Ça fera cinquante paisas.

– Tu me les mettras sur ma note.

Je sors le tournevis à tête plate et tente de déloger l'altimètre.

– Arrête ! Tu vas casser l'avion !

Mojo veut me taper sur la main, mais Cookie l'en empêche.

– Ne t'inquiète pas. Il sait ce qu'il fait.

L'altimètre finit par sauter de son emplacement, pour laisser apparaître un trou.

– Oh ! disons-nous en chœur.

– Je vois quelque chose ! s'exclame Cookie en plongeant la main dans la cavité.

– Un instant, j'y suis presque. Ça y est !

Elle en ressort une feuille de papier enroulée et la déploie avec précaution. Je n'en reviens pas. On dirait qu'elle a été arrachée du journal de bord de Daddy. Oui, c'est bien son écriture !

LE SECRET DU PEUPLE JAÏN

D'après la légende séculaire, le mystérieux peuple jaïn aurait trouvé un remède contre tous les maux. Or, du jour au lendemain, leurs villages dans les montagnes furent désertés, comme si d'un claquement de doigts, on les avait fait disparaître de la surface de la Terre. Notre monde a perdu un peuple, mais aussi un savoir inestimable. Les Jaïns vivaient en harmonie avec la nature. Leur mode de vie respectait le monde animal, si bien qu'ils ne se nourrissaient que de fruits, de noix et de graines, qu'ils cueillaient en prenant soin de ne pas abîmer les plantes.

On dit que chaque membre de ce peuple avait pour habitude de passer le balai devant soi, pour écarter les insectes ou d'autres petites bêtes, afin de ne pas les écraser par inadvertance. On raconte même qu'ils s'interdisaient de se défendre en cas d'attaque d'un prédateur.

En un mot, les Jaïns souhaitaient affranchir leur âme de toute impureté. Que leur est-il donc arrivé ? Où se sont-ils volatilisés ?

– Les Jains ? Tu parles d'un nom ! dit Mojo en se grattant la tête.

– Il y a des trémas, ça se prononce « Ja-inn », gros malin, corrige Cookie. J'en ai entendu parler en cours.

Bizarre, me dis-je. Même les enfants des rues vont à l'école à Katmandou ?

Cookie s'interroge :

– Vous pensez vraiment qu'un peuple aussi prodigieux a pu exister ?

Je ne dis rien, mais j'ai le cœur qui s'emballe. D'une part, parce que c'est certainement le peuple à la recherche duquel Daddy est parti. D'autre part, parce que ça me rappelle ce garçon de l'aéroport, vêtu d'orange et de sandales de bois. Se pourrait-il que... Mais non, c'est impossible ! Il ne peut pas être jaïn, ça fait des siècles que personne n'en a vu.

À part moi ?

C'est alors que je repense à mon grand-père. J'espère qu'il va bien. Est-ce qu'il se souvient seulement de moi ? Fichue maladie ! À cause d'elle, il va finir par tout oublier, et elle m'a aussi fait perdre mon père. Et tout ce qui m'arrive aujourd'hui, c'est à cause de ce prétendu remède miracle.

Pourquoi Daddy m'a-t-il adressé ce récit sur les Jaïns ? Il doit bien y avoir un intérêt. Mais est-ce que c'est le bon moment ? Et pourquoi l'avoir arraché de son journal ?

Daddy me parle par énigmes pour que personne ne le retrouve, à part moi. Pourtant, cette page n'est pas codée. Comme il se doutait que le journal pouvait tomber entre de mauvaises mains, il a décidé de retirer la page du journal, puis l'a cachée dans l'avion.

Je descends en altitude, de manière à voler sous les nuages. Le paysage est somptueux ! Il n'a plus rien à voir avec tout à l'heure. Les maisons et la ville ont laissé place à des terres vallonnées, où serpentent rivières et ruisseaux. Nous attirons l'attention d'un troupeau de bêtes sauvages. Ce ne serait pas ça, des yacks ?

Soudain, j'aperçois de gros nuages devant nous. Ça risque de barder. Très vite, on commence à se faire secouer par des trous d'air.

Je tente de prendre un ton rassurant en disant :

– Tout va bien, ce ne sont que quelques turbulences.

L'Himalaya prend maintenant tout notre champ

de vision. La vue de ces montagnes colossales est à couper le souffle. Je me sens minuscule. On croirait foncer vers un mur d'une hauteur infinie.

– Où sont les sacs à vomi ? gémit Mojo, vert de peur.

À vrai dire, moi non plus je ne suis pas très à l'aise.

Voler au-dessus des plaines de France par temps dégagé est une chose, voler entre les plus hautes montagnes du monde en Himalaya, bringuebalés par de violentes rafales de vent, en est une autre. Est-ce que je m'attendais réellement à une partie de plaisir ?

Cookie est la seule à profiter du moment ! Un sourire jusqu'aux oreilles, elle pousse un cri de joie à chaque sursaut de l'avion ! Quand tout ça sera fini, il faudra que je pense à l'inviter faire un tour sur des montagnes russes. Elle sera dans son élément.

– Tu es obligé de voler si près des montagnes ?

Je sens la panique dans la voix de Mojo. Je rétorque aussi sec :

– Ouais !

Les turbulences augmentent à proximité des flancs de montagne. Mais c'est le seul chemin qui mène à notre but. Puis, en un clin d'œil, le ciel se dégage.

– Le pire est derrière nous ! dis-je, triomphant.

– Que Ganesh t'entende ! se lamente Mojo.

Avant que j'aie le temps de lui demander qui est ce Ganesh, la piste d'atterrissage apparaît sous nos yeux. Elle semble néanmoins bien plus petite que sur la carte… et elle est couverte de neige.

Je lutte contre des vents au sifflement assourdissant. Volets déployés, je tire légèrement le manche.

– Préparez-vous pour l'atterrissage.

Au son de cette phrase, Mojo semble se calmer. Tout à coup, il ouvre grand les yeux.

– Attends, c'est LÀ que tu comptes atterrir ?!

Effectivement, cette piste enneigée est vraiment courte. Non, elle est carrément minuscule !

Je récite dans ma tête tout ce que j'ai appris auprès de Daddy. Altimètre, décélération, angle d'incidence…

J'ai réduit la vitesse trop brusquement ! L'espace d'un instant, on croirait descendre en chute libre.

– Aaah ! crie Mojo.

– Cesse donc de crier !

– ALORS JE MOURRAI EN SILENCE !

Sa réponse est tout sauf silencieuse.

Rentrer les volets à temps, tenir compte de la vitesse à tout instant…

Je place le nez de l'avion face au vent.

Orienter l'avion droit sur la piste d'atterrissage avec la gouverne de direction. Regarder au-dessus de la piste pour maintenir le nez sur l'horizon.

Oh là là ! Quand c'est Daddy qui le dit, ça semble facile. Mais j'ai beau connaître les instructions par cœur, ce n'est pas intuitif du tout. Le nez de l'appareil est difficile à redresser. Le vent nous soulève. Oh non, l'aile gauche est trop basse, on penche beaucoup trop ! Soit on est surchargés, soit quelque chose perturbe l'équilibre de l'avion. Ça y est, l'avion a touché le sol. Ça secoue un max ! Je me rends compte qu'on va encore trop vite. Beaucoup trop vite ! J'appuie à fond sur les pédales de frein. Je n'aurais pas dû : l'avion se met à glisser et à pivoter.

– Ce n'est pas une piste ! hurle Mojo d'une voix saccadée. C'est un lac gelé.

Je me redresse pour mieux voir dehors. Je déteste quand Mojo a raison. Nous glissons à côté d'un bateau pris dans la glace. La panique me gagne à mon tour : j'ai beau écraser les pédales de frein, rien ne se passe.

Ou plutôt rien de bon : un claquement se fait entendre. La queue de l'avion a percuté le sol. Le Cessna fait un bond et tombe plus fort encore. J'essaie de contre-braquer, en vain. L'avion bascule sur la gauche.

– Oh oh.

Un boucan du tonnerre se fait entendre : on a perdu l'aile gauche. L'avion part en pirouettes, dignes des meilleures performances de patinage artistique.

– Si on s'en sort vivants, rappelle-moi de te tuer !

La menace de Mojo n'est pas ma première préoccupation à l'heure actuelle. Je prie pour que la couche de glace soit assez épaisse et ne cède pas.

Après une phase de suspense qui semble durer une éternité… nous voilà à l'arrêt.

Les doigts tremblants, je coupe le moteur. L'hélice tourne de moins en moins vite, jusqu'à s'immobiliser. On n'entend plus un bruit dans le cockpit, si ce n'est Mojo qui rend grâce à tous les dieux du monde.

J'adresse aux jumeaux un grand sourire de soulagement.

– C'est pas si mal, pour un tout premier atterrissage, non ?

– Comment ça, « premier atterrissage » ?! s'emporte Mojo. Je croyais que tu savais ce que tu faisais ! Menteur ! Traître ! On aurait pu y rester !

Cookie lève le pouce.

– Je savais que tu y arriverais !

Mojo récupère son sac à dos à l'arrière de la cabine, puis on s'extraie de ce qui reste de l'avion, les jambes en coton. Mojo sort deux pulls de son sac pour Cookie et lui.

Je lui demande, étonné :

– Y a-t-il quelque chose que ton sac ne contienne pas ?

Quelque chose attire mon regard. Pendant une fraction de seconde, j'aurais juré voir une silhouette orange à côté de l'épave. Puis, plus rien, que de la roche et de la neige. Ça doit être mon imagination.

Mojo enfile une grosse paire de chaussures, et en tend une autre à sa sœur. Les enfants de Katmandou sont vraiment parés à toute éventualité.

Nous partons sans perdre un instant. Après une heure de marche dans la neige, le tas de ferraille qui nous servait d'avion est maintenant loin derrière. Le soleil rend le froid plus facile à supporter.

Ces contrées sont magnifiques. Les monts d'une blancheur éblouissante pénètrent les nuages, tandis qu'en contrebas les vertes vallées du Népal sont parcourues de rivières sinueuses au bleu profond et de lacs couleur émeraude.

Ce n'est pourtant pas pour admirer ces paysages pittoresques que je scrute sans cesse chaque recoin. J'ai le sentiment oppressant que nous sommes suivis. Je me retourne tout le temps à l'affût du grand roux ou du garçon au balai… le Jaïn. Mais je ne vois personne. Comment auraient-ils bien pu se rendre ici ?

En revanche, Cookie et Mojo sont plus détendus. Ce dernier se tient devant un panneau enneigé. Il s'écrie :

– Super ! le village est par là. Le panneau est à peine lisible, mais on arrive à distinguer le nom Shipangma.

Je trouve ça trop facile. Je sors en douce le journal d'expédition et l'ouvre à la page suivante. La **page 9**, donc.

Me voilà bien avancé. On ne doit pas tout à fait se rendre à Shipangma, mais l'objectif est dans les parages.

Mais où ? À quoi riment ces remarques sur les montagnes ?

– Alors, on y va à ce village ou quoi ? râle Mojo. Je n'aurais rien contre un bouillon de yack aux nouilles.

Je l'ignore et poursuis ma réflexion.

– Une montagne de 8 611 mètres. Mmmh.

– C'est une autre énigme ? s'écrie Cookie avec enthousiasme. J'adore les énigmes !

Je m'adresse à mes compagnons :

– Quelle montagne fait 8 611 mètres de haut ?

Je prends la carte à laquelle Daddy fait référence. Elle se trouve à la **dernière page** du journal d'expédition. Je l'ouvre et la pose sur la neige gelée.

Les jumeaux se tiennent derrière moi.

– Je n'ai jamais vu une carte aussi incomplète, remarque Mojo. Il n'y a même pas de noms écrits dessus.

Cookie se penche.

– Oui, mais on reconnaît bien les montagnes, regardez.

Elle fait glisser son doigt le long des zigzags qui représentent les sommets, avant d'ajouter :

– Et là, ce temple symbolise sûrement Katmandou.

J'interviens à mon tour :

– Il faudrait écrire ces repères. Ça devrait nous aider à mieux lire la carte. Si Katmandou se trouve là, c'est que de l'autre côté des montagnes, c'est Shipangma. Mojo, tu as un crayon ?

– Naturellement.

Je louche sur le marqueur noir qu'il me tend aussitôt juste sous le nez.

J'écris Katmandou ainsi que Shipangma sur la carte.

– C'est donc ici que nous sommes.

Je dessine une grosse croix à notre emplacement approximatif.

Cookie regarde la carte de plus près.

– Il y a des chiffres et des lettres sur les bords de la carte, comme au touché-coulé.

Un système de coordonnées. Rien ne lui échappe. La grille divise la carte en cases de taille identique. Sur la colonne de gauche figurent de haut en bas les chiffres 1,

2 et 3, suivis de cases vides. Sur la ligne d'en haut figurent de gauche à droite les lettres A, B et C, puis encore des cases vides.

– Il manque des lettres et des chiffres, s'exclame Cookie en se mordant la lèvre inférieure.

– On peut les ajouter.

Les mains transies de froid, je fais de mon mieux pour écrire les lettres manquantes sur la ligne du haut, de D à M, puis les chiffres de 4 à 9 sur la colonne de gauche.

– D'où est-ce que tu sors tes énigmes tordues ? me lance Mojo, l'air soupçonneux.

Je détourne vite le regard et me concentre sur l'énigme. Pour l'instant, ils ne savent rien du journal. Je finirai peut-être par leur expliquer, mais le plus tard possible.

Le carreau et le cœur, qu'est-ce que je dois comprendre ? Carreau… et cœur.

– J'ai besoin de votre aide. Mojo, tu dois bien avoir un morceau de papier dans ton sac ?

Il m'en donne un, sur lequel je dessine les deux figures de cette énigme.

– Qu'est-ce que c'est que ça ? demande Mojo lorsque j'ai fini.

– Une énigme.

Cookie trépigne de joie.

Je leur récite le texte de Daddy, en insistant sur le fait qu'il ne faut pas se fier aux apparences.

– Un cœur et un carreau, marmonne Mojo.

– C'est en tout cas ce qu'on a envie de penser. Mais ils ne dévoileront leur secret qu'au second regard.

– Et à quoi servent les pointillés au milieu des figures ? demande Cookie.

Je hausse les épaules.

– Je sais seulement qu'il y a une histoire de ne pas avoir besoin de se plier en quatre pour m'aider, mais qu'à moitié.

Cookie penche la tête et me regarde en haussant les sourcils.

– Qu'à moitié ?

J'acquiesce, bien que je ne comprenne pas ce que cette précision apporte. Je poursuis :

– Vous saviez que le mont Everest était la plus haute montagne du monde ?

Ils confirment d'un hochement de tête.

– Et que le deuxième mont le plus haut culminait à 8 611 mètres ?

Nouveau hochement de tête. Puis, perplexe, Cookie me lance :

– Qu'est-ce que ça vient faire dans notre énigme ?

C'est précisé dans le journal d'expédition. Mais ça, je ne peux pas leur dire.

Tout à coup, Cookie s'écrit d'un air triomphal :

– Qu'à moitié ! Ne pas plier en quatre. Plier en deux suffit ! Je crois que j'ai trouvé !

Excitée, elle m'arrache le papier des mains et le plie.

– Hihi, ne pas se plier en quatre. Bien joué !

– Je te demande pardon ?

Mojo la regarde, stupéfait, et constate que je suis tout aussi confus que lui.

Ma voix se charge d'espoir :

– Tu as trouvé la solution ?

Cookie se tourne vers moi, avec un grand sourire.

– Eh oui ! La solution de l'énigme est…

Chapitre 6

La station perdue

– K2.

Cookie me tend la feuille de papier pliée : la moitié gauche de la figure du carreau donne la lettre K et la moitié droite du cœur donne le chiffre 2.

– C'est le nom de la seconde montagne la plus haute du monde, dit Mojo en secouant la tête. Tout le monde sait ça !

Je lève les yeux au ciel. Ça va ! Je ne peux pas tout savoir. Pour une montagne aussi remarquable, son nom manque cruellement d'imagination. Pourquoi n'utiliser qu'une lettre et un chiffre ? Une seconde… Mais oui !

– Une lettre et un chiffre ! C'est une coordonnée !

Fier de moi, je me place au-dessus de la carte et dessine au marqueur une croix à la case K2.

– Pas mal, admet Mojo.

– Et nous nous trouvons même à proximité de cet emplacement.

Je prends la carte à deux mains et tente de m'orienter. Si les montagnes sont là et que le village est ici, alors K2 sera...

– Par là ! On doit se diriger vers la droite.

Mojo me retient par le bras :

– Pas si vite, Chico. C'est où « par là » ? Il n'y a rien de spécial à cet emplacement sur la carte. On vient de marcher pendant une heure dans ce désert de glace et maintenant tu veux qu'on aille finir congelés au milieu de nulle part ?

Je compare la carte de Daddy à la mienne, pour essayer de comprendre ce qui est censé se trouver en K2. La réponse est claire : rien. Je me tourne vers Mojo :

– Je compte quand même m'y rendre.

– Ça sera sans moi ! peste Mojo.

– Allez, frangin, insiste Cookie. On ne peut quand même pas le laisser partir tout seul.

– Au cas où tu n'aurais pas remarqué : il fait un froid de canard. C'est trop dangereux. Au village, au moins, on aura de quoi manger !

– Comme vous voulez ! Mais moi, j'y vais. Avec ou sans vous.

– On ira ensemble jusqu'au bout ! s'exclame Cookie.

Elle fronce les sourcils et se lance dans un combat de regard avec son frère... et gagne. Mojo grommelle :

– Soit.

Il passe devant nous et continue de ronchonner tout bas. Enfin, pas si bas que ça, vu que je l'entends parfaitement bien.

– À tous les coups, on va mourir de froid ou finir dévorés par le yéti.

Par dépit, il sort un ballon de baudruche blanc de son sac et façonne un monstre des neiges. Puis, il le porte à son visage et fait mine d'être brutalement attaqué. Très drôle. Je passe devant lui à mon tour et nous poursuivons notre route.

Le plus étonnant, c'est la facilité avec laquelle Cookie a fait céder son frère. Moi qui le prenais pour une vraie tête de mule...

Nous parcourons en silence les flancs de montagne au manteau blanc. La marche sur un sol couvert de neige épaisse est plus éprouvante que je ne le pensais et je ne tarde pas à avoir mal aux pieds.

Au bout d'une demi-heure, j'aperçois quelque chose qui me fait penser à un jeu de blocs de construction que des enfants extraterrestres géants auraient laissés en pagaille avant de s'enfuir dans leur soucoupe volante. Trois gros cubes de métal bâtis sur pilotis, de sorte qu'ils s'élèvent au-dessus de la neige, sont reliés les uns aux autres par d'énormes tuyaux.

– Waouh, souffle Mojo. Ça, c'est pas banal.

– Qu’est-ce que c’est ? demande Cookie, tout aussi étonnée.

Je hasarde :

– On dirait une station.

Mojo met sa main en visière.

– Je ne vois personne.

Il s’accroupit, fouille dans son sac et en sort une paire de jumelles hypersophistiquée, équipée de boutons et de verres violets qui reflètent le soleil. Il les braque sur la station.

– Elles sont belles, tes jumelles, lui dis-je.

– Euh, oui ! On trouve vraiment de tout dans les rues de Katmandou, n’est-ce pas ?

Il les a volées, ça ne fait pas l’ombre d’un doute.

– Cette station me semble abandonnée. Depuis des années, à mon avis. Toutes les structures sont rouillées.

Il me tend les jumelles.

– Tu veux essayer ?

Et comment ! Je les place devant mes yeux. La vue est tellement nette, on ne rate aucun détail ! J'aperçois des fenêtres brisées et de la peinture qui s'écaille sur les murs. Au pied d'un des bâtiments se trouvent deux motoneiges rouillées, à moitié ensevelies dans la neige.

– Fais voir ! dit Cookie.

Je lui tends les jumelles.

– Alors ? interroge Mojo. Tu en penses quoi ?

– J'en pense qu'on devrait aller voir de plus près. C'est certainement là que menait notre énigme. On devrait y trouver notre prochain indice.

Au moment où nous arrivons à la station, les derniers rayons du soleil la touchent encore. Les bâtiments ressemblent à de gros conteneurs sur pieds. Sur l'un d'entre eux figure l'inscription suivante, en népalais :

आकासमा गेट

Cookie devance ma question :

– C'est écrit : *Akasama geta.* Ça veut dire « la porte du ciel. »

– Et qu'est-ce qu'il y a écrit en dessous ?

– Hm. Ce campement servait de point de départ pour les expéditions touristiques et scientifiques au cœur des montagnes de l'Himalaya. D'ici, on pouvait partir visiter la plus haute montagne du monde, le mont Everest.

– Comment se fait-il que cette station ne soit mentionnée nulle part ? demande Mojo.

– Peut-être que ça fait longtemps qu'elle n'est plus en activité, je lui fais remarquer.

Nous nous dirigeons vers l'un des conteneurs. La porte est déverrouillée, mais coincée par la rouille. Il faut nous y mettre à trois pour la débloquer. Lorsque nous parvenons enfin à l'ouvrir, une vive odeur de renfermé nous agresse les narines.

À l'intérieur se trouvent des chaises, des tables, un coin cuisine, un tas de bois à côté d'un poêle en fonte et une étagère. Celle-ci est remplie de livres et de magazines si anciens que les coiffures des stars en couverture devaient déjà être démodées au siècle dernier.

Mojo passe à toute vitesse devant moi, ouvre son sac et y fourre tout ce qu'il trouve : des pièces de monnaie qui traînent, un thermos, des cartes postales… en un mot, tout ce qui n'est pas vissé ou cloué. Il va si vite que je n'arrive pas à voir tout ce qu'il attrape. Cookie se tient à côté d'une table et observe les lieux :

– J'ai bien l'impression que cet endroit n'est pas désert depuis si longtemps que ça.

Elle fait remarquer la clé et la cuillère sur la table. La cuillère contient des céréales gelées. Elles ressemblent

à des Chococroustis, les céréales préférées de Daddy.

– Je vais voir si je trouve quelque chose d'utile dans la pièce d'à côté, dit Mojo.

Les trois conteneurs sont bien reliés les uns aux autres. Toutefois, on n'y trouve pas grand-chose d'intéressant. Le dernier cube est un dortoir à quatre lits superposés. Dans le précédent se trouvent les toilettes et une douche. Étonnamment, elles fonctionnent encore. Il abrite aussi une sorte de garde-manger, avec des étagères pleines de caisses de vivres. On en profite pour prendre quelques provisions, congelées à cause du froid ambiant. Enfin et surtout, on tombe aussi sur de gros vêtements de toutes les tailles, dont des bottes et des combinaisons rembourrées. Elles sont particulièrement moches, mais elles nous tiendront chaud quand nous repartirons.

Notre petite visite de reconnaissance se termine. Nous allons nous asseoir dans le premier conteneur et allumons des bougies, car le soleil est maintenant couché. Il va sans dire que Mojo les avaient dans son sac. Cookie a allumé le poêle : on commence à se réchauffer.

La fatigue me gagne. Cookie s'assoit à côté de moi et m'adresse un sourire en coin :

– On s'amuse bien avec toutes tes énigmes. J'adore ça !

– Euh… ah oui ?

– Mhm ! J’en ai même une pour toi.

D’un geste vif, elle me tend un bout de papier sur lequel figure une grille de lettres.

Retrouve le message codé de Cookie dans le **kit des intrépides** et découpe-le en suivant les pointillés pour le déchiffrer !

O	C	K	E	O	I
E	J	E	R	T	T
U	O	E	U	V	S
E	P	C	A	R	R
U	Q	N	!	A	T

Je lève les yeux vers Cookie.

– Je… D’accord, et qu’est-ce que je suis censé faire ?

– Eh bien, cette grille contient un message caché. À toi de le trouver.

– Mais tout ce que je vois, c’est un tas de lettres qui n’a aucun sens.

Cookie s’approche encore un peu plus de moi.

– OK, je vais te donner la clé pour déchiffrer la grille.

– D’accord.

– C’est « Cookie ».

Je hausse les sourcils :

– Cookie ? Mais je…

Elle me tend une paire de ciseaux.

– Allez, je vais me changer et mettre des vêtements propres.

Je suis maintenant seul avec ce morceau de papier. C’est vrai que c’est amusant. Maintenant que Cookie m’a donné la clé, je repère quelque chose. Si on change l’ordre des lettres de la première ligne, ça donne… COOKIE ! Je vais donc découper chaque colonne et les ranger de manière à lire « Cookie » sur la première ligne. Je suppose que les lignes du dessous formeront alors le fameux message caché. Je décide que le O le plus à gauche sur la grille sera le premier des deux O.

Je découpe donc les six colonnes, je les replace et je commence à lire…

Euh… cooommennnt çaaaa ?!

Mojo arrive à ce moment-là :

– Tout va bien par ici ? Tu viens de voir un fantôme ou quoi ? Si tu voyais ta tête. Et sinon, tu devrais peut-être t’éloigner du feu : tu as les joues écarlates.

– Le… le feu… Trop chaud ! C’est tout à fait ça.

Mojo s’installe confortablement à côté de moi et regarde par la fenêtre.

– Il fait déjà nuit noire ! Pfff… C'est toujours comme ça en montagne ! On n'y voit pas à deux mètres.

Je hoche la tête sans répondre.

J'avoue que je n'aime pas trop l'idée de passer la nuit dans ces drôles de conteneurs, au milieu de nulle part et en pleine montagne. Mais ce n'est pas comme si j'avais un autre plan.

Quant à Mojo, il n'a pas l'air de s'inquiéter plus que ça :

– On s'en sort plutôt bien. On est à l'abri du vent et ici, on ne risque pas de croiser des bêtes sauvages.

Je réagis aussitôt :

– Tu veux dire qu'il y a des bêtes sauvages qui errent dans les environs ?

Il me fait un clin d'œil :

– Eh bien, oui. Des léopards des neiges, des ours et des yétis…

– N'importe quoi. Ça n'existe pas, les yétis.

Je n'ai aucun doute là-dessus. En revanche, maintenant, j'ai un peu peur de me faire réveiller par un léopard affamé ou un ours de mauvais poil.

Mojo regarde autour de lui et réaffirme :

– En tout cas, ici on ne craint rien.

On s'installe près du feu avec des sacs de couchage et des couettes du dortoir.

Cookie revient dans la pièce. Elle s'est débarrassée de ses vieilles guenilles et a enfilé des vêtements propres.

Elle est méconnaissable : elle porte maintenant une chemise rouge à carreaux, ainsi qu'un jean, toujours un peu trop grand, mais cette fois sans trou. Et puis, elle a trouvé une ceinture pour l'empêcher de tomber.

– Tout va bien ? me demande-t-elle. Tu me regardes bizarrement.

– Qui ? Moi ? Mais non, pas du tout ! dis-je en secouant la tête, gêné. C'est juste que tu es… euh, eh bien tu es tellement…

Elle incline la tête :

– Propre ?

Je rougis. J'avais envie de lui dire que je la trouve jolie, en fait. Mais avant que j'aie le temps de dire quelque chose que je pourrais regretter, elle s'élance vers le poêle et dit :

– Alors ? Qu'est-ce qu'on mange ce soir ?

Mojo pointe la table du doigt, sur laquelle se trouve une pile de conserves en train de décongeler. Il remet du bois dans le feu.

L'odeur du bois qui brûle me rappelle mes escapades avec Daddy. Nous faisions des feux de camp en pleine nature et il me racontait des histoires d'horreur.

Cookie me sort de mes pensées :

– Lias, il serait peut-être temps que tu nous dises enfin ce qu'on fait ici, tu ne crois pas ?

Elle a raison. C'est peut-être le moment de leur dire toute la vérité, non ? De leur faire confiance ? Tout de même, ils m'ont suivi jusqu'ici dans ce désert de glace, malgré le risque de tomber sur des léopards des neiges et des ours (et des yétis ?). Sans compter que sans leur aide, je suis probablement fichu. Et je crois que j'aime bien Cookie. Vraiment bien. C'est décidé, je prends le risque de tout raconter. Je leur confie l'histoire de mon père. Qu'il est explorateur, qu'il a fait des documentaires, et qu'il est porté disparu depuis qu'il s'est aventuré dans l'Himalaya à la recherche du peuple jaïn. Je leur parle aussi du journal d'expédition et le leur montre.

Ils m'écoutent attentivement tout au long de mon récit. Lorsque je leur lis le journal posé sur mes genoux, ils gardent les yeux rivés dessus, fascinés. À la fin de mon histoire, Mojo me dit, admiratif :

– Effectivement, tu es là pour de nobles raisons. Si tu es d'accord, on t'aidera jusqu'au bout. Il ne sera plus question de nous payer. De toute façon, on n'a rien de mieux à faire, pas vrai, frangine ?

Ses paroles me réchauffent le cœur comme jamais.

– Et maintenant, en quoi consiste le plan ? demande Cookie.

Je soupire.

– Je ne sais pas encore. Mais le journal nous aidera à le trouver. Dans l'énigme précédente, mon père écrit que c'est à l'abri du froid que nous trouverons le prochain indice.

– Réfléchis-y maintenant, comme ça on saura où aller demain.

Je m'apprête à répondre, quand soudain un hurlement me fait sursauter. Ça vient de dehors.

– Détends-toi, Chico, dit Mojo en me tapant sur l'épaule. Ce n'est qu'un loup à la recherche de sa prochaine victime.

– Parce qu'il y a aussi des loups dans l'Himalaya ?

Ma phrase s'apparente plus à un cri qu'à une question.

– Tout va bien : il est à l'extérieur et nous sommes à l'intérieur, rétorque Cookie. Et si on passait enfin à table ?

Mojo s'attaque à une salade de thon et Cookie opte pour des haricots blancs à la sauce tomate. Pour ma part, je jette mon dévolu sur une conserve de spaghettis bolognaises et m'assois dans un vieux fauteuil à moitié déglingué. Je me penche sur le prochain indice.

J'ouvre donc le journal d'expédition à la **page 10.**

Un dessin avec des lettres à relier... Un sommet à suivre ? Je n'y comprends rien ! Et quel rapport avec mon livre préféré ? Daddy parle forcément du roman *Le Chien des Baskerville*, avec Sherlock Holmes. Je me souviens soudain de l'étagère remplie de livres. Je saute au-dessus de Mojo, assis par terre, et je me précipite vers le meuble.

– Alors... *Le Chien des Baskerville*... dis-je en parcourant du doigt les dos de livres.

En principe, ça ne devrait pas être trop difficile à trouver. Mais malheureusement, ils sont tous écrits en langue étrangère. En anglais, en allemand et dans des langues que je ne sais pas déchiffrer.

– Tout che pache bien ? demande Mojo, la bouche pleine. Chi t'as encore faim, tu dois abcholument echayer le ragoût de yack. Ch'est délichieux !

J'écoute à peine Mojo et continue de parcourir l'étagère.

– Tu cherches quelque chose en particulier ?

Je n'avais même pas vu que Cookie se tenait à dix centimètres de moi.

– Oui, un livre avec Sherlock Holmes. *Le Chien des Baskerville*. Tu connais ?

Elle secoue la tête.

– Je pense qu'il se trouve là, quelque part.

– Laisse-moi regarder.

Cookie inspecte la bibliothèque et parcourt chaque rangée du doigt.

– *L'Attrape-cœurs*… *L'Île aux trésors*… *Vingt Mille Lieues sous les mers*… ah, le voici.

Elle sort un livre de l'étagère et me le tend juste sous le nez.

– Euh…

Je n'ai jamais vu cette couverture de livre.

– Šerloka Holmsa, lit-elle.

– Mhmmm…

Je prends le livre de sa main et j'enlève l'épaisse couche de poussière. Il a l'air si vieux.

– *Baskervilių šuo*. C'est bien ça que tu cherches ?

– Hm, sûrement… Et c'est écrit en quelle langue ?

– En lituanien.

– Oh.

Me revoilà démoralisé. Comment je pourrais trouver un indice dans un livre dont je ne comprends pas la langue ?

– Tu veux que je te le lise ?

Sir Arthur Conan Doyle
Šerloka Holmsa
Baskervilių šuo

Je n'ai pas le temps de répondre que Cookie m'arrache le livre des mains et l'ouvre à la première page. Soudain, un signet représentant un personnage en tombe.

Cookie le ramasse et me le tend, intriguée. Je regarde attentivement l'image. Mais bien sûr ! C'est le docteur Watson ! John H. Watson, le fidèle compagnon de Sherlock Holmes ! Je trouve un crayon, je relie les points sur la page selon l'ordre des lettres de son nom et soudain une image apparaît !

Chapitre 7

Course-poursuite dans la neige

Le contour des lettres a donné l'image d'un animal. Celle d'un rhinocéros.

– Super, une image magique ! s'écrie Cookie.

– On a trouvé notre indice ! dis-je en tapotant sur l'image.

– C'est très bien, mais... on doit en déduire quoi ?

– D'après le journal, il faut suivre le pic. Regarde l'image, la corne du rhino est pointue.

Mojo arrive à ce moment-là :

– Quelle corne ?

Je lui montre le dessin.

– Il semble y avoir un lien avec la corne du rhinocéros.

– Bon... Et si on commençait par digérer et passer une bonne nuit de sommeil ? La journée a été rude. Demain, on aura les idées claires pour élucider la nouvelle énigme de ton père.

Il ouvre une conserve de salade de fruits.

Ça me contrarie, mais Mojo a raison. Et après quelques bouchées de fruits exotiques, je m'écroule de fatigue...

Je rêve que Mojo me secoue...

– Chico, réveille-toi, vite!

Au moment où j'ouvre les yeux, le visage crispé de Mojo qui se trouve à quelques centimètres du mien me donne la frousse de ma vie.

– C'est bon, je suis réveillé!

Cookie me cloue le bec.

– Pas un bruit! chuchote-t-elle. D'accord?

Elle attend que je fasse oui de la tête pour retirer sa main de ma bouche. Il fait complètement noir dans la pièce. Les bougies et le poêle sont éteints.

– Des loups de l'Himalaya? dis-je tout bas.

– J'en doute, rétorque Mojo en regardant par la fenêtre. À moins qu'ils n'aient appris à se servir de phares la nuit.

Je le rejoins pour observer ce qui se passe. Au loin, une lumière éblouissante s'agite sur les collines enneigées. Elle se dirige vers nous. Un vrombissement commence à se faire entendre.

– Elle va vite, cette lumière. Et elle fait beaucoup de bruit.

– C'est sûrement une motoneige, peste Mojo.

Il se tourne vers moi, plus sérieux que jamais :

– Tu ne connaîtrais pas quelqu'un susceptible de t'avoir suivi, par hasard ? Quelqu'un qui serait aussi sur la piste de ton père ?

Misère. Il a vu juste.

– Euh. Il se pourrait que j'aie oublié de mentionner un petit détail…

Je leur parle rapidement du gros bras et du garçon jaïn de l'aéroport.

– Ça sent pas bon, murmure Mojo. On fait quoi, maintenant ?

– À ton avis ? rétorque Cookie. On décampe, et vite !

À la vitesse de l'éclair, elle rassemble nos affaires et les fourre dans le sac à dos.

– Brillante idée ! je lui lance.

Soudain, j'aperçois quelque chose. Pendant un instant, mon regard se fixe au loin, à travers la fenêtre constellée de flocons de neige. Il n'y a pas que les phares qui émettent une lumière. Là-bas, au sommet d'une des montagnes, quelque chose scintille. Une sorte de corne. Et à bien y regarder, elle se trouve au bout d'une forme d'animal… de rhinocéros, même ! Je n'en crois pas mes yeux, si bien que je les frotte plus d'une fois pour en être sûr.

– Regardez ça, c'est incroyable !

Cookie suit mon doigt.

– Une corne scintillante, balbutie-t-elle, stupéfaite.

– Nous avons trouvé notre objectif, dis-je avec excitation. C'est là qu'on doit aller !

– Si la motoneige arrive jusqu'à nous, on n'ira nulle part, répond Mojo. Il n'y a pas une seconde à perdre !

En deux temps trois mouvements, on enfile les combinaisons trouvées la veille. On s'aide les uns les autres à tirer nos fermetures éclair, et on met nos bottes. Les miennes sont un peu trop grandes. Qu'importe ! On a l'air de guimauves multicolores avec nos accoutrements, mais pas le temps de faire des blagues. Mojo ouvre la porte. On se précipite dehors et on descend les escaliers couverts de gel.

Nos joues sont saisies de froid à cause du vent glacial. Il a tant neigé ces dernières heures que passé la dernière marche, nous nous enfonçons dans le sol blanc jusqu'aux genoux.

– Regardez ! dit Cookie.

Une colline en contrebas réfléchit la lumière chancelante de la motoneige. Elle doit être à moins d'un kilomètre de nous. Soudain, le moteur s'arrête et les phares s'éteignent.

Est-ce qu'il est reparti dans l'autre sens ? L'étincelle d'espoir ne dure pas : un plus petit faisceau de lumière apparaît. Le conducteur est descendu et s'approche à pied, muni d'une lampe torche.

– Il pensait nous surprendre pendant notre sommeil, gronde Cookie en serrant la mâchoire. Il ignore qu'on est réveillés depuis longtemps !

Je suis tétanisé par la peur. Ça ne fait aucun doute désormais : c'est sûrement le gros bras à la queue-de-cheval. Et il est évident qu'il ne nous veut pas du bien.

– Déguerpissons, vite !

– Je connais un moyen, chuchote Mojo. J'ai repéré quelque chose pendant que vous ronfliez.

Il court vers un autre conteneur un peu plus loin. Même dans le noir, on voit clairement qu'il est dans un état pire encore que les autres. D'un geste maîtrisé, Mojo ouvre une porte et pointe sa lampe torche vers l'intérieur.

Je m'avance un peu :

– Est-ce que ce sont des...

– Motoneiges ? Oui. Il y en a même trois, le réservoir plein. Je les ai testées : elles fonctionnent.

– Elles semblent toutes neuves, fais-je remarquer.

Mojo hausse les épaules.

– C'est vrai que c'est bizarre. Mais qu'importe ? On a trouvé un moyen de s'enfuir.

Je n'en reviens pas. Qu'est-ce que trois motoneiges flambant neuves font ici ? C'est presque comme si quelqu'un les avait placées là juste pour nous. Elles ressemblent à des motos, sauf que la roue avant est remplacée par deux skis, et la roue arrière par une chenille.

Mojo pose ses mains sur notre épaule :

– Voici le plan : vous sortez les motoneiges du garage, et vous tenez prêts à démarrer. De mon côté, je tente d'arrêter notre invité surprise.

– Comment tu comptes y arriver ? dis-je, soudain inquiet.

– Ne t'inquiète pas pour ça. Ce type ne sait pas à qui il a affaire ! J'ai trouvé quelque chose d'autre dans le conteneur.

Il pointe du doigt un gros sac contre le mur.

– Le problème, c'est que je ne sais pas conduire cet engin, moi.

– Fastoche ! Ça se conduit comme une moto.

– Mais je n'ai jamais conduit de...

Mojo empoigne le sac et le traîne jusque dans la neige. Je lui demanderais bien comment ça se fait qu'un enfant des rues de Katmandou maîtrise la conduite d'une moto. Mais on n'a pas le temps de bavarder, l'intrus n'est plus très loin. D'après la lueur de sa lampe torche, il n'est plus qu'à quelques centaines de mètres. Heureusement que la neige le ralentit.

La peur me noue le ventre, mais pas question de me laisser attraper ! Avec Cookie, on sort les motoneiges du garage. Elles sont étonnamment petites. On dirait presque des modèles pour enfants. Étranges coïncidences.

Mojo s'arrête juste devant le premier conteneur et commence à sortir du gros sac tout un tas d'accessoires, qu'il assemble les uns aux autres. Au bout de quelques instants, Mojo a érigé un panneau noir d'un mètre de diamètre environ sur un trépied. Il le place face à la lueur de la lampe torche qui s'approche.

– C'est fou ce qu'on peut laisser traîner de nos jours, je lui souffle.

– Je ne te le fais pas dire ! Il suffit d'ouvrir les yeux pour trouver toutes sortes de gadgets.

Je hoche doucement de la tête, les yeux rivés sur ce drôle de dispositif :

– Et qu'est-ce que c'est censé être ?

– Un canon à ondes sonores, répond-il du tac au tac. Enfin, ça m'en a tout l'air.

– Un canon à ondes sonores ?

Je suis sidéré, mais il se contente de m'adresser un sourire niais et agaçant.

– Mais qu'est-ce qu'un truc pareil vient faire ici ?!

– Il sert sûrement à effrayer les bêtes sauvages. Comme les ours, les tigres... les yétis...

– C'est bon, c'est bon, j'ai compris.

– Je crois que c'est un modèle spécial. Particulièrement puissant. Ça devrait au moins le ralentir et nous donner de l'avance. Partez, je vous rattrape !

– N'empêche que je ne sais pas conduire ce truc.

Cookie se met à rire.

– Tu sais piloter un avion, mais tu es démuni devant une motoneige ?

Il a beau faire terriblement froid, je sens mes joues se réchauffer peu à peu. Cookie se penche :

– Ici c'est le frein, là c'est l'accélérateur et pour tourner on fait comme ça. Il n'y a rien de plus simple.

Je suis attentivement ses gestes. Ça ne devrait pas être trop difficile à manœuvrer. J'aperçois quelque chose sur le bouchon du réservoir. Un autocollant à moitié déchiré. Je connais ce logo. C'est le soleil levant derrière le mont enneigé. Celui de l'institut Horizon, l'organisateur du concours des inventeurs en herbe ! Sans cet institut, je n'aurais pas eu ce vol vers Katmandou. C'est louche, mais je n'ai pas le temps d'y réfléchir.

– Dépêchez-vous ! nous presse Mojo, survolté. Notre invité ne va pas tarder et je ne veux pas rater son accueil.

Cookie et moi sautons sur nos véhicules. Je l'imite et on se lance à toute allure sur la neige.

Le vent glacial me brûle le visage et me fait regretter de ne pas avoir de lunettes de protection. En revanche, la combinaison m'isole remarquablement bien.

Je jette un coup d'œil en arrière : Mojo est en train de connecter des câbles. Il appuie sur les boutons du dispositif. Des loupiotes s'allument. Puis il monte à son tour sur sa motoneige et fonce. Alors que je passe le dernier conteneur, un son suraigu me perce les tympans. Il est si puissant que j'en ai la nausée. J'accélère pour m'éloigner le plus vite possible de ce bruit infernal. Je dépasse Cookie, qui semble encore voir tout ça comme un jeu. Dès qu'il y a de la vitesse et des montées d'adrénaline, elle est aux anges.

Le son diminue peu à peu en intensité, et ma nausée avec. J'adapte ma vitesse à celle des jumeaux. Nous faisons halte sur une colline. On entend toujours nettement le canon à son, mais suffisamment bas pour ne pas en perdre la tête. Ce n'est clairement pas une arme à mettre entre toutes les mains.

Mojo a l'air de s'amuser :

– C'est plus fort que je le pensais. Il ne devrait pas s'en remettre de sitôt. Ça nous donnera une bonne avance sur lui.

Mais par où aller maintenant ? Je lève les yeux et j'aperçois la corne scintillante. À mon tour, j'esquisse un sourire.

– J'aimerais bien savoir ce qui peut la faire briller ainsi, s'interroge Mojo.

Je hausse les épaules :

– C'est peut-être un phénomène météo, comme en Antarctique.

Mojo me regarde, l'air dubitatif.

Je m'écrie :

– C'est par là.

Je redémarre et me dirige droit vers la montagne. Les motoneiges enchaînent avec une facilité incroyable les descentes comme les collines les plus raides. On n'y voit quasiment rien, si ce n'est la neige qui jaillit devant nous. Je me repère uniquement à la lumière vert bleuté de la corne. Le sentier est de plus en plus accidenté et étroit, si bien que nous devons réduire notre vitesse. L'oxygène se raréfie à tel point que la respiration devient difficile. On est déjà à une altitude si élevée que ça ?

Nous passons devant d'étonnantes sculptures, formées par les différentes couches de glace. Puis le sentier s'arrête.

Il ne reste que de vastes étendues de neige épaisse. Elles sont plus difficiles à parcourir pour les motoneiges, mais nous nous approchons de la lumière. Mon véhicule s'enfonce trop fréquemment et je dois descendre à chaque fois pour le dégager.

Je crie à Cookie :

– Ce n'est pas la peine ! Les motoneiges ne nous mèneront pas plus loin.

On éteint les moteurs.

– Et maintenant ? demande Cookie.

– Il faut continuer à pied.

– Euh, excuse-moi ? Tu as vu la pente qui nous sépare de la pointe brillante ? se plaint Mojo.

Je renverse la tête pour apercevoir la pointe brillante.

– Tu as une meilleure idée ?

Apparemment pas : il soupire et descend de son véhicule.

– Et tu crois vraiment que ton père se trouve là-haut ?

– Je crois que mon père voulait que je me rende là-haut. Mais je n'en sais pas plus.

– J'espère pour toi que tu as raison, Chico.

– Chut ! dit Cookie, l'index devant ses lèvres. Vous entendez ?

– Nan, répondons-nous à l'unisson.

Je tends l'oreille. À part le vent qui siffle, je n'entends rien. Et tout à coup, je discerne un bruit de moteur.

On regarde tous les trois vers la vallée. Une lumière éblouissante se dirige vers nous. Oh non, encore notre poursuivant ! À l'allure où il va, il nous aura rejoints en quelques minutes.

Pris de panique, je tente de réfléchir à nos options. Nos motoneiges ne nous sont plus d'aucun secours. Il nous est impossible de faire demi-tour, sinon notre poursuivant nous tombera dessus.

Mojo gémit :

– Pourquoi le canon s'est arrêté aussi rapidement ?! Qu'est-ce qu'on fait ? Vite, une idée !

En levant la tête vers le sommet scintillant, je remarque les premières lueurs de l'aube. Il ne tardera pas à faire jour. On ne peut quand même pas tout laisser tomber, on est si près du but.

Le bourdonnement du véhicule se fait de plus en plus fort. Il faut prendre une décision. Si notre persécuteur est bien celui que je pense, ce n'est même pas la peine de l'affronter. Il est si costaud qu'il nous maîtriserait tous les trois à la fois. Et si ça se trouve, il est armé. C'est définitivement trop risqué.

Cookie prend la décision pour nous trois :

– On n'a plus de temps à perdre. Courez !

On s'élance aussi vite que possible sur les pentes recouvertes de neiges éternelles. C'est-à-dire pas très vite : la pente est trop abrupte et l'oxygène trop rare. Les nuages sont si proches. J'ai l'impression que je pourrais les toucher si je tendais la main.

Je suis à bout de forces. Nous atteignons une sorte de labyrinthe de glace, constitué de parois rocheuses enneigées, dont les formes auraient toute leur place dans une exposition d'art.

Mojo est en tête, suivi de près par Cookie et moi. Elle me tient, ou plutôt me traîne, par la main. Les allées du labyrinthe sont étroites. Il nous faut parfois nous faufiler dans des crevasses.

Je ne peux pas m'empêcher de penser qu'il n'est pas là par hasard. Mais... quel serait l'intérêt de construire un labyrinthe au milieu de nulle part ?

De nombreuses voies mènent à des impasses et nous forcent à faire demi-tour. Tout ce temps perdu joue en faveur de notre poursuivant. Cependant, il n'y a pas de raison qu'il s'en sorte mieux que nous. N'est-ce pas ?

Certaines parois sont si hautes qu'elles nous barrent la vue. On ne tarde pas à perdre tous nos repères. Est-ce qu'on se dirige toujours vers la corne scintillante, ou bien droit vers le gros bras ?

– Par où, maintenant ? demande Mojo, à bout de souffle.

Cookie et moi nous regardons à l'affût d'une réponse. Rien. J'ai les articulations en compote. J'ai fait assez de sport pour l'année à venir. On est cernés par le vent neigeux qui s'immisce de part et d'autre dans le labyrinthe. Je me tourne dans tous les sens, à la recherche d'un indice qui nous montrerait la bonne direction.

– Mais pourquoi je n'y ai pas pensé plus tôt ? s'exclame soudain Mojo. Cookie, grimpe sur mes épaules. Tu pourras voir quel chemin prendre.

Il lui fait la courte échelle et Cookie lui monte sur le dos avec une souplesse de gymnaste olympique. Elle a dû être un singe dans une autre vie.

– Tu vois quelque chose ?

– De la glace. De la neige.

– Très drôle. Où est le sommet ?

– Pivote un peu. Arrête de gigoter ! Là, je le vois ! Le type à notre poursuite. Il est gigantesque ! Il doit être à cinq cents mètres de nous à l'ouest. Ou à l'est ? Je confonds tout le temps.

– Alors pointe la direction du doigt.

Elle tend son bras vers la gauche.

– Et la corne de rhinocéros ? Elle ne peut pas être bien loin. On aurait déjà dû l'atteindre.

Elle observe les alentours. Puis, elle tend le bras dans une autre direction :

– C'est par là !

– Allez, descends de là, maintenant. Tu pèses une tonne.

– Que de paroles délicates, frérot d'amour.

Tout à coup, du coin de l'œil, je repère un mouvement. Quelque chose d'orange. Je me retourne, le souffle court. C'est le garçon jaïn ! Qu'est-ce qu'il peut bien faire dans un lieu aussi hostile… avec une toge aussi fine… et ses seules sandales de bois aux pieds ! Et il trimballe encore son balai, accroché à une bandoulière.

Il me fait signe et me crie quelque chose. Mais le vent souffle trop fort. Je lève les mains pour lui montrer que je ne comprends rien. Il me fait signe de venir.

– Allez, Chico, qu'est-ce que tu attends ? s'écrie Mojo, la main posée sur mon épaule. Direction la corne, et vite !

Il me dépasse à toute allure. Je me retourne vers le petit garçon.

– Euh, dis-je aux jumeaux, je crois en fait qu’il faut aller par là.

Mojo s’adresse à moi comme il le ferait avec un simple d’esprit :

– La corne est dans cette direction. C’est toi qui voulais t’y rendre, tu te souviens ?

– Oui, mais je pense maintenant qu’il faut aller par là.

– Peu importe où on va, nous coupe Cookie. Mais on y va maintenant !

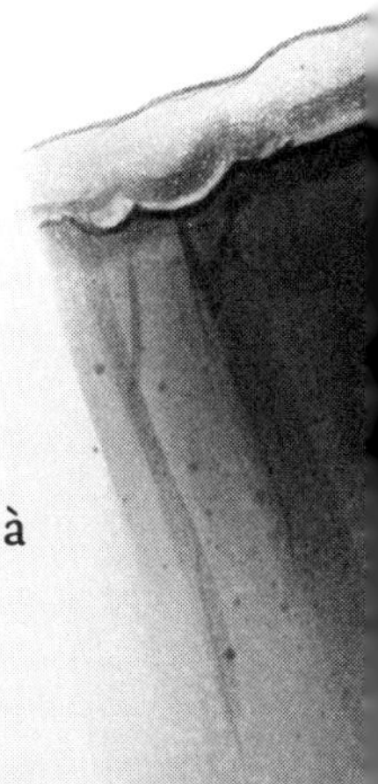

Au même instant, on entend quelqu’un tousser. Le gros bras ! Il est plus près que prévu.

– Tu nous as dit qu’il était à cinq cents mètres, dis-je à Cookie.

Elle écarquille les yeux :

– Cinq cents mètres, cinquante mètres, ça arrive à tout le monde de se tromper ! Allons-y !

Mojo et moi nous écrions :

– Par là !

Mais chacun d’entre nous pointe une direction opposée.

Tant pis, je suis mon instinct et fonce vers le garçon jaïn.

– Espèce de tête de mule ! peste Mojo.

Je regarde derrière moi : mes amis me suivent tous les deux. J’atteins l’endroit où se trouvait le garçon. Je le vois maintenant à un croisement d’allées. Comment il a pu se déplacer aussi vite ? Il était là à l'instant ! Il me fait signe de nouveau et disparaît vers la droite.

Je le suis. Son rythme est presque insoutenable. J'arrive à peine à l'endroit où il se tenait qu'il est déjà à un croisement bien plus loin.

La course dure un moment et nous mène à un trou à peine plus grand que nous dans la paroi de la montagne. Le seul sentier étroit qui y mène est lui-même bordé de grands murs de roche. Cookie et Mojo sont juste derrière moi, haletants. Je hurle :

– Suivez-moi !

Comme s'ils avaient d'autres projets.

J'entends un grondement lourd, on dirait le bruit d'un éboulement. Je reste paralysé un instant, mais je ne vois rien. C'était peut-être l'écho d'une avalanche loin d'ici, qui aurait résonné entre les montagnes ? Lorsque je me retourne, deux choses ont disparu : le garçon... et le trou dans la paroi.

Pardon ?!

Le garçon, ça ne m'étonne plus. Mais le trou ?!

– Un cul-de-sac ! fulmine Mojo en se tapant trois fois sur le front. Quel idiot !

– Mais... il y a deux secondes... il y avait...

Comment j'aurais pu imaginer une chose pareille ? Une chose est sûre, nous sommes pris au piège. Entre deux murs, une paroi immense et le gros bras.

L'aspect de cette paroi m'intrigue. Je ne suis quand même pas fou. Je suis convaincu qu'il y avait une ouverture. Le garçon est entré, puis elle a disparu. Elle s'est peut-être fermée toute seule. Peu importe. Je tâte le mur à la recherche d'un mécanisme.

– À quoi tu joues, encore ?

Je ne prête pas attention à l'exaspération de Mojo et continue de chercher. Je découvre une sorte de tablette : des pierres taillées en carré et disposées en grille.

– Regardez ça !

Je me retourne : notre poursuivant n'est toujours pas là. Nous l'avons peut-être semé dans le labyrinthe.

Cookie souffle sur la paroi et l'essuie, jusqu'à dévoiler complètement la tablette. Elle se compose de 36 carrés.

– Fascinant !

Je la fixe un moment :

– Et qu'est-ce qu'on est censés en faire ?

– Regarde dans le journal de ton père, s'impatiente Mojo.

Bon, j'aurais pu y penser moi-même.

J'ouvre le journal d'expédition à la **page 11.**

J'observe attentivement la paroi. À côté de la tablette de pierre se trouve un petit trou, à peine de quoi y passer la main. Super. J'ai tout sauf envie de fourrer ma main là-dedans. Mais je n'ai pas le choix, alors je prends mon courage... à une main. Je sens quelque chose tout au fond. C'est dur et carré. C'est une petite plaque. Je la sors. Elle est quadrillée et dotée de croix.

Rends-toi au **kit des intrépides**
et découpes-y la plaque quadrillée !

– La grille de la plaque correspond à la grille de lettres du journal, fait remarquer Cookie. Les croix désignent certaines lettres.

Je dois donc presser les pierres qui correspondent aux croix. Ça paraît simple, mais il y a un hic.

Il faudrait placer en vis-à-vis la plaque et la grille de lettres du journal pour savoir à quelles lettres correspondent les croix. Mais dans quel sens la positionner ? Il y en a quatre possibles en tout. D'après les indications de Daddy, il suffit d'un faux pas pour déclencher un piège mortel. Je respire un grand coup et je me force à rester calme et à réfléchir. Dans son journal, Daddy a donné un autre indice : *Groin-groin !* Il doit y avoir un rapport avec les lettres à presser. Oh là là ! Mais tout ça n'a aucune sens... Oh ! Je viens d'avoir une idée de génie !! Je tiens quelque chose : si on oriente la plaque dans le bon sens, les lettres qu'elle coche forment sûrement un mot.

Groin-groin, c'est le cri d'un cochon.

De notre cochon ! Notre petit cochon nain. Il faut orienter la plaque de sorte que les lettres forment son nom.

Je tente le coup, on va bien voir.

Chapitre 8
Le dédale bordé de feu

– « Dolmen » ? s'étonnent Cookie et Mojo.

– C'est le nom de notre cochon nain.

– Ta famille a une ferme ?

Je souris.

– Non, c'est notre animal de compagnie. Comme il est gris et tout rond, il nous a fait penser à un dolmen miniature.

– Un cochon de compagnie ?

Mojo n'en revient pas, mais ça amuse Cookie :

– C'est trop mignon !

– Ne perdons plus de temps ! fustige Mojo.

Je me place devant la paroi pour appuyer sur les carrés de pierre dans le bon ordre. Je retiens mon souffle, puis je commence par la lettre D. Je dois faire attention à choisir la bonne, il y en a deux côte à côte. Avec ma paume, je presse la pierre qui s'enfonce doucement.

– Ça fonctionne ! applaudit Cookie. Vite, continue !

Je presse maintenant le O qui s'enfonce aussi. On entend un roulement sourd à l'intérieur, ça doit déclencher un mécanisme.

– Allez, plus vite ! me supplie Mojo.

– Du calme !

Je m'empresse d'appuyer sur le L. La pierre tombe en miettes sous la pression de mes doigts.

– Oups.

Mojo sort de ses gonds :

– Tu as appuyé sur le L de gauche au lieu de celui de droite !

– Tu n'avais qu'à pas me déconcentrer !

Soudain, le sol s'effondre sous les pieds de Cookie. Elle pousse un cri et perd l'équilibre. Je tends mon bras pour la rattraper par la main, juste à temps. Aussitôt, Mojo me vient en aide.

Nous parvenons à la hisser auprès de nous. À l'endroit où elle se tenait se trouve maintenant un précipice sans fond.

Sous le choc, Cookie reste accrochée à nous. Elle tremble. C'est la première fois que je la vois aussi bouleversée.

– Fais attention, cette fois, prévient Mojo.

J'acquiesce et respire à fond. Je repasse dans ma tête la série de lettres à enfoncer et je m'y remets.

D – O – L – M – E – N.

La main tremblante, j'appuie sur la dernière lettre. Nous sentons alors un mouvement à l'intérieur de la montagne.

– Oh oh... dit Mojo, en fronçant les sourcils. C'est bon signe ou c'est mauvais signe ?

Avant que je ne puisse lui répondre, la paroi s'ouvre. C'est donc bien par là que le garçon jaïn est passé. Il fait tout noir à l'intérieur.

– Est-ce qu'on y va ?

À la voix de Mojo, je ne saurais dire s'il nous encourage ou s'il craint d'aller plus loin.

– Dites, c'est moi ou l'entrée de la caverne a des dents ? murmure Cookie.

– Ce sont juste des stalactites et des stalagmites, dis-je. Des rochers pointus, si tu préfères.

– Je vois, fait Mojo en croisant crânement les bras.

Il n'a pas l'air fier face à ces *dents*.

J'insiste pour nous donner du courage :

– C'est un phénomène naturel : il n'y a rien à craindre.

En vrai, je n'ai aucune envie d'entrer là-dedans. Je parie qu'il y a plein d'araignées.

Cookie s'approche et me donne la main :

– Qu'est-ce qu'on attend ?

Apparemment, on attendait l'arrivée de notre poursuivant, qui surgit soudain au bout du sentier.

– Stop ! On ne bouge plus !

Sa grosse voix résonne jusque dans mes os. Il nous regarde d'un air qui me semble furieux.

– Restez où vous êtes !

Je pousse Cookie puis Mojo dans l'entrée de la caverne avant de les suivre.

Le gros bras nous poursuit, mais avant qu'il nous rattrape, la paroi rocheuse se referme derrière nous, dans un boucan assourdissant. C'était ça, le bruit de tout à l'heure, et pas un éboulement.

Nous sommes à l'intérieur, au milieu d'un nuage de neige et de poussière. Cookie tousse. Ça résonne. Puis, plus un bruit ne se fait entendre. On est dans le noir le plus total.

Je tends les mains pour m'orienter. Au bout d'un court instant, j'entends une fermeture éclair du sac de Mojo, qui fait aussitôt surgir trois faisceaux lumineux.

– Trois lampes torches ? dis-je en en attrapant une au vol.

– On n'est jamais trop équipé ! Il suffit d'un rien pour que ça ne fonctionne plus, alors c'est toujours pratique d'en avoir une de rechange.

Je trouve ça louche. Mojo est bien gentil, mais je ne peux pas m'empêcher de penser qu'il me cache quelque chose.

– Bon, s'exclame Mojo, que nous dit ton journal du destin ? On va où ?

Vite, j'ouvre le journal d'expédition à la **page 12.**

– Quoi, c'est tout ? s'agace Mojo. Un dessin avec des pointillés ? C'est censé ressembler à une carte ?

Clairement, oui. Mais j'admets que Daddy aurait quand même pu nous donner un peu plus d'informations.

– Suivons le chemin en pointillé. Il nous mènera sûrement à la sortie de la grotte.

Nous commençons notre périple qui semble relativement facile jusqu'au premier croisement, où une très mauvaise surprise nous attend : le chemin est bordé de magma ! J'ignore si sa température atteint vraiment mille degrés ou plus, mais ce dont je suis certain, c'est qu'on n'a pas intérêt à tomber dans cette lave en fusion.

Les canaux de liquide visqueux rouge et blanc entre lesquels nous marchons donnent à la grotte sa lueur rougeâtre. À leur surface éclatent sans cesse des bulles de feu. La lave a beau se trouver trois mètres plus bas, j'avance, peu rassuré.

D'un coup de pied, Cookie fait tomber un bout de bois. Il prend feu avant même d'atteindre le magma, puis se fait engloutir. Parfait, maintenant, j'ai carrément les jambes qui flageolent.

Ces canaux sont très étranges. Leurs parois sont étonnamment droites, leur découpage très carré, comme si on les avait construits. Je ne sais pas d'où vient ce magma, mais il s'écoule vivement et clapote le long des canaux.

– D'après la carte, on doit traverser ce lac de magma, explique Cookie.

Une goutte de sueur dévale son nez pour aller éclabousser son menton. Même après avoir retiré nos combinaisons, nous transpirons à grosses gouttes.

On contourne le bassin par un sentier étroit, couvert de sable et de cailloux rouges. J'ai mal aux yeux rien qu'à regarder le liquide ardent. Je me concentre sur chacun de mes pas, de peur de trébucher et de tomber dedans.

Soudain, Mojo me dépasse par la gauche :

– Ne te fais pas de bile, Chico. Il n'y a rien à craindre : ce n'est que de la roche en fusion.

– De la roche en fusion à 1 200 degrés Celsius, précise Cookie d'un ton intello.

Ça ne l'empêche pas de me doubler elle aussi. Elle me fait un clin d'œil et murmure :

– On en a pour la journée, à ce rythme.

Le sentier nous mène à un deuxième bassin de magma. Le plafond de la grotte est si haut qu'on se croirait dans une cathédrale de roche.

Une fois le deuxième bassin passé, on s'enfonce de nouveau dans le froid et la pénombre. Nous rallumons les lampes torches et observons les alentours, qui évoluent à chaque mètre parcouru. Du feu, nous sommes passés à la glace. Partout où nos faisceaux lumineux passent, les parois brillent d'un bleu pâle.

– C'est magnifique, s'émerveille Cookie.

Je suis moi aussi subjugué par ce spectacle.

– Certes, mais je crois qu'on aurait dû tourner à gauche à la dernière bifurcation.

Nous étudions la carte un moment mais on se rend vite compte qu'on est... perdus !

– C'est pas grave, dit Mojo, on tournera à la prochaine.

Nous poursuivons notre chemin. Je me demande où se trouve le garçon jaïn. Est-ce qu'il nous observe ?

L'exploration des galeries est difficile, car nos lampes torches ne les dévoilent que peu à peu. Il pourrait facilement se cacher derrière des reliefs rocheux. Qui sait, peut-être même qu'il nous tend un piège ? Nous prenons un virage...

... et poussons tous à la fois un cri d'effroi ! Si fort que des morceaux de glace nous tombent dessus du plafond. Mes pensées s'enchaînent à toute allure.

Pensée n° 1 : Nous allons tous mourir.

Pensée n° 2 : Pour de vrai, nous allons tous mourir !

Pensée n° 3 : Pourquoi on n'est pas encore morts ?

Puis, mon cerveau commence à analyser ce qui se passe sous nos yeux. Nous en avons vécu des choses invraisemblables, mais là, c'est parfaitement incroyable. Nous nous tenons devant une gigantesque paroi de glace transparente, toute lisse. Et à l'intérieur se trouve une bête. Non, un monstre, gros comme une maison. Un dinosaure !

– Un tyrannosaure, précise Mojo, tel un guide dans un musée devant un vulgaire modèle d'exposition. J'en avais un en plastique quand j'étais petit, avec une mâchoire mobile.

Cookie s'approche de la paroi de glace et y pose ses mains. Elle est comme hypnotisée :

– C'est comme si cette pauvre créature avait vu sa fin venir au dernier moment, avant d'être aussitôt faite prisonnière à jamais d'un piège de glace.

Pauvre créature. Ce ne sont pas tout à fait les termes que j'aurais choisis.

Si je m'étais imaginé tomber un jour nez à nez avec un véritable dinosaure… qui plus est un Tyrannosaurus Rex !

Ce n'est pas la première fois que j'en vois un, mais le dernier était moins… en chair. Nous étions allés au Musée d'histoire naturelle de Londres avec Daddy. L'exposition présentait un squelette de T-Rex grandeur nature. C'était déjà impressionnant, mais celui que j'ai actuellement en face de moi le bat à plate couture, quand bien même l'animal est figé derrière un mètre de glace.

Je me demande si nous sommes les premiers à le trouver. J'ai l'impression d'avoir fait une découverte scientifique !

– Vous pensez à la même chose que moi ? s'exclame Mojo, qui n'attend pas vraiment de réponse. On est riches ! Il faut trouver un moyen de le sortir de là et l'exposer au monde entier !

Je ris aux éclats :

– Et comment tu comptes faire ça ? Est-ce que tu possèdes un kit marteau-burin ou un sèche-cheveux XXL dans ton sac à dos magique ? Ça ne m'étonnerait même pas.

Mojo me lance un regard noir. Il s'apprête à me répondre quand…

– On n'a pas le temps, les garçons, nous coupe Cookie. Quelqu'un nous suit. J'ignore si c'est ce sale type qui est parvenu à se frayer un chemin, et je ne veux pas le savoir. Ne restons pas plantés là.

– De toute façon, on n'est pas là pour faire du tourisme, dis-je. Je ne quitterai cette grotte qu'après avoir trouvé mon père.

– Bon, bon, acquiesce Mojo. Mais je vous préviens, je ne fais pas une croix sur mon plan. Dès qu'on aura retrouvé ton père, on revient ici et on s'occupe du dino. Promets-le-moi.

Il tend la main. Je tope :

– Promis.

J'ai du mal à me concentrer sur notre itinéraire, avec cette grosse bête qui nous fixe du regard. Figé ou non, ça me fiche la trouille. Le chemin tracé par Daddy nous mène plus profondément dans la montagne. Peu à peu, la glace cède la place à de l'eau ruisselante.

– Cette grotte n'en finit jamais, soupire Cookie.

Je ne le lui fais pas dire.

Alors que nous franchissons un autre virage, nous nous arrêtons, de nouveau tétanisés. Pas par un dinosaure, cette fois. On vient de pénétrer dans une grotte d'une taille stupéfiante, et éclairée par des torches enflammées, disposées un peu partout. Qui a bien pu les allumer ? Le garçon jaïn ? Il n'aurait pas eu le temps, il y en a tellement !

– Ça ne me dit rien qui vaille, tout ça, souffle Mojo. Vous ne trouvez pas ça louche ?

Je hoche la tête. Cookie reste silencieuse, les yeux fixés au loin.

– Tout va bien ? lui dis-je.

Devant son absence de réaction, je suis son regard. Ce que je vois me stupéfie. À l'autre bout de la grotte se trouve une statue gigantesque, de la taille d'un immeuble. Elle est si insolite qu'elle semble venir d'un autre monde.

– De mieux en mieux ! se réjouit Mojo en se frottant les mains. Je vais devenir riche, l'homme le plus riche du monde !

La vue de cette statue est à couper le souffle. Littéralement. Elle représente un vieil homme assis en tailleur, vêtu d'une toge et muni de plusieurs bracelets aux poignets et aux chevilles. Il sourit comme s'il détenait le secret du bonheur.

La statue est taillée dans de la pierre rouge. Au sommet de sa tête se trouve une sorte de petite tour. D'ici, difficile de dire si c'est une coiffure ou une couronne. Ou peut-être un turban ?

– Pourquoi avoir construit un tel édifice au sein d'une grotte ? s'interroge Cookie, toujours aussi abasourdie.

– Ça n'a rien d'un lieu perdu au milieu de nulle part. C'est ici que nous mène le chemin dessiné par mon père. Il nous a guidés jusque-là.

Cookie reprend un ton plus posé :

– Qui l'a construite ?

Mojo et moi nous regardons, sans réponse.

– Et qui a allumé toutes ces torches ?

Que de bonnes questions. Mais à quoi bon se les poser désormais ? La statue est notre prochain objectif. J'en suis certain.

J'ouvre donc le journal d'expédition à la **page 14**, afin de déterminer pourquoi Daddy nous a menés ici. C'est l'avant-dernière page : nous touchons au but !

– Ce sont juste des images d'animaux, observe Mojo. Avec des chiffres barrés.

Il bougonne.

– « Appelle-les » ; comment on peut appeler des dessins ? Il est drôle, ton père !!

– Mais si, il a raison, il faut les appeler, les nommer, explique Cookie. Les chiffres correspondent à chaque lettre du nom de l'animal. On ne garde que les lettres qui correspondent aux chiffres non barrés. Tu vois par exemple l'image du pigeon ? Seul le 4 n'est pas barré. On enlève P, I, G, ainsi que O et N, donc il ne reste que le E.

– Regarde bien, dis-je à Cookie. Il y a écrit « cui-cui ». Un pigeon ne fait pas ce bruit-là.

– Et ça fait quel bruit ?

– Euh… rouu-rouu ? Bref, c'est juste un oiseau.

– De toute façon, la quatrième lettre du mot « oiseau » est aussi un E.

Reprenons ce procédé pour chaque animal, par ordre d'apparition. On obtient… une solution pour le moins déroutante…

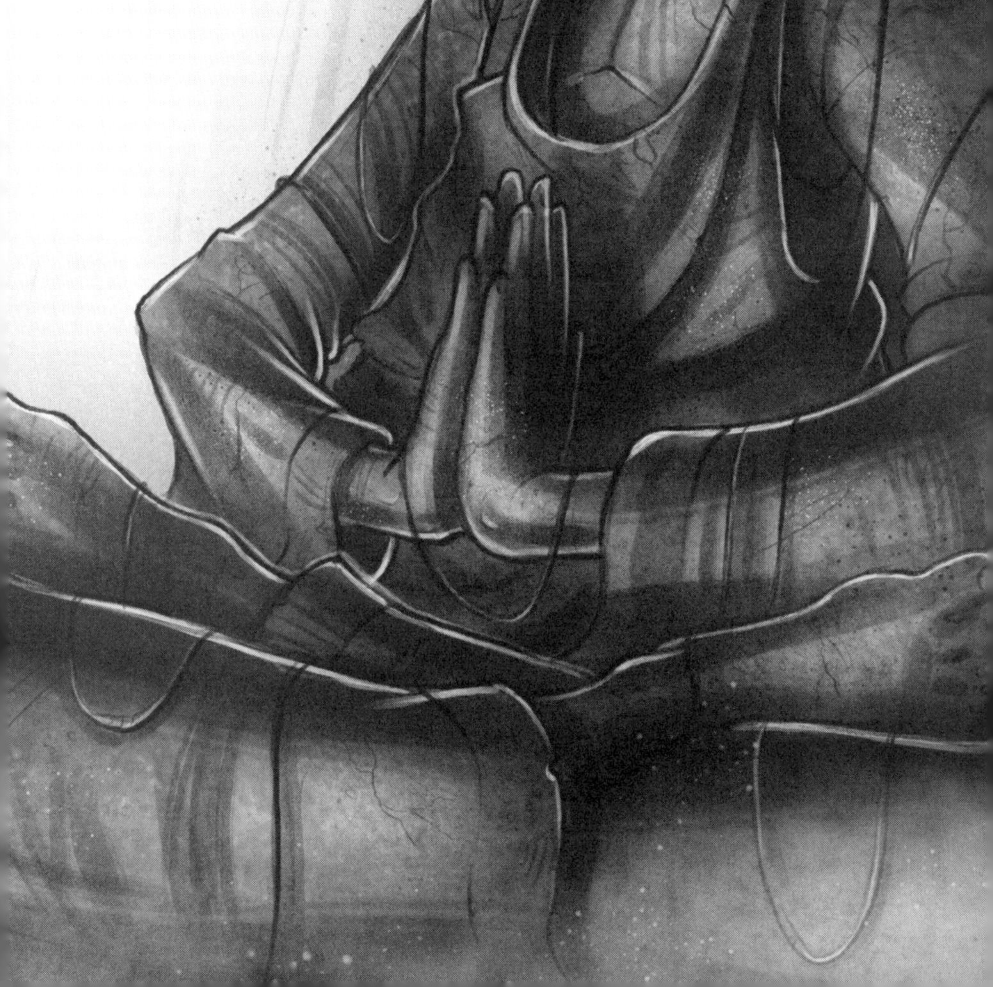

Chapitre 9

La malédiction de la statue

– « Lecerumen » ? s'étonne Mojo. C'est un mot latin ?

– Le cérumen, le corrige Cookie. C'est la cire qu'on a dans les oreilles.

– C'est ça, le « petit quelque chose » que ton père t'a laissé ? Décidément, Chico, ça ne tourne pas rond dans sa tête. C'est vraiment dégoûtant.

– Mais non ! Ce n'est pas ça qu'il a voulu dire.

Je me laisse tomber sur le sol poussiéreux. Mais, justement, qu'est-ce que Daddy a voulu dire ? Encore une fois, je ne comprends rien. C'est démoralisant. Jusqu'ici, mon périple m'a mené à l'autre bout du monde, à Katmandou. Puis je me suis rendu dans les montagnes de l'Himalaya jusqu'à une station perdue. Et enfin me voilà dans une grotte gigantesque. Et le dernier indice qu'on me donne, c'est *le cérumen* ? Je sens que je vais craquer.

Cookie s'assoit à côté de moi et passe son bras autour de mes épaules.

– On est peut-être passés à côté de quelque chose.

– Peut-être. Ou peut-être que ce n'est pas le journal de mon père et que quelqu'un a voulu me jouer un sale tour.

– Ne dis pas de bêtises. Tu as résolu des énigmes que seul ton père pouvait te poser. Et tu étais le seul à pouvoir tout résoudre.

Je souris à Cookie.

– Merci.

Elle a raison. Mon père a forcément une bonne raison de nous avoir menés jusqu'ici. Il nous faut trouver le fin mot de l'histoire.

En attendant, la statue continue de sourire béatement. Est-ce qu'elle se paie notre tête ? Il y a de quoi, après tout. Ses orteils font trois fois ma taille. Les bracelets autour de ses chevilles me font penser à...

Tout à coup, je sors de mes pensées :

– À des cordes ! dis-je d'une voix surexcitée. Ce ne sont pas des bracelets, mais des cordes !

C'est tellement évident, puisque c'est là que le journal nous a conduits. Oui c'est ça, conduits : les CONDUITS AUDITIFS !

– La statue, dis-je en détachant une corde d'un de ses énormes pieds. Elle a deux oreilles !

– Et donc ? s'interroge Mojo dans mon dos. Moi aussi, j'en ai deux.

– Le journal parle de cérumen, poursuit Cookie. Donc il faut atteindre les oreilles de la statue.

– Exactement ! dis-je, soulagé. Allez, venez ! Allons voir ça de plus près.

Nous détachons les cordes en un rien de temps. Un grappin est fixé au bout de chacune d'entre elles. Voilà qui confirme ma théorie : il faut grimper là-haut.

Jusque dans ses oreilles.

Nous ne savons toujours pas laquelle est la bonne. C'est pourquoi nous décidons que j'irai dans l'oreille de gauche et les jumeaux dans celle de droite. L'escalade n'est pas très difficile, il y a des prises partout : sur la boucle de ceinture, sur un pli de la toge, sur le coude.

En moins de cinq minutes, nous arrivons à la tête, plus exactement sous les narines.

De là, les jumeaux s'élancent vers leur oreille avec la grâce d'alpinistes professionnels. Mais comment font-ils ? Moi, je suis obligé de faire attention à chaque mouvement pour ne pas lâcher prise. Je fais tournoyer le grappin pour le lancer derrière l'oreille. Je dois m'y reprendre à plusieurs fois. Ça y est, il s'accroche. Je me hisse jusqu'au pavillon de l'oreille. Il me suffit de baisser un peu la tête pour passer.

– Je suis à l'intérieur ! dis-je aussi fort que possible.

– Nous aussi ! répond Mojo, au loin.

Le conduit auditif est immense. Une fois l'entrée passée, je peux m'y tenir debout. Il doit bien s'enfoncer de

trois mètres dans la tête.

En revanche, il y fait tout noir.

J'allume ma lampe torche. Les parois lisses me donnent la sensation de me trouver dans une tombe. À part ça, il n'y a pas grand-chose à voir. Peut-être que les jumeaux ont plus de succès :

– Vous voyez quelque chose ?

– Rien du tout ! répond Mojo d'une voix étouffée. Et toi ?

Je laisse vagabonder le faisceau de ma lampe. Il dévoile une petite cavité. J'arrive à y passer ma main. Je tâtonne. Il y a quelque chose… un morceau de papier enroulé. Je l'extrais.

Je crie aux jumeaux :

– J'ai trouvé un truc !

Je cours vers la sortie de l'oreille. Mon cœur bat la chamade. Je pointe la torche sur le papier.

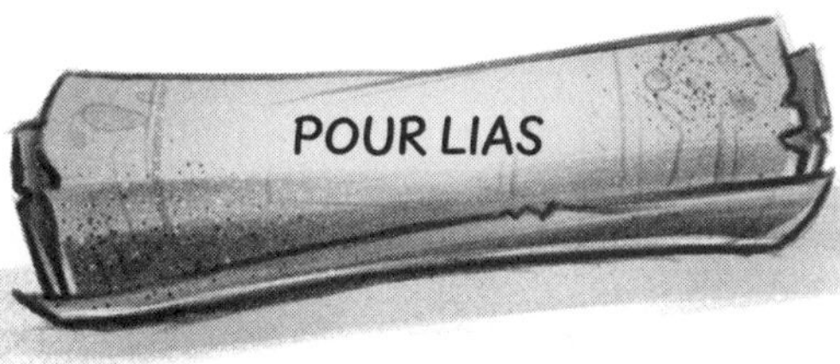

Quoi ?!

Je le déroule, bouleversé et les doigts tremblants.

Mon cher Lias,
Lorsque tu liras ces quelques lignes, je serai déjà parti. J'aurais tant voulu tout t'expliquer de vive voix, mais le sort en a décidé autrement. Quoi qu'il arrive, sache que je suis le plus fier de tous les pères. Tu es parvenu à résoudre toutes mes énigmes et je n'en attendais pas moins de toi.
C'est pourquoi cela me déchire le cœur de t'apprendre cette nouvelle : ton périple ne se termine pas là.
Pour tout te dire, il ne fait que commencer.
Le chemin sous tes yeux va te paraître dangereux, mais c'est par là qu'il te faut passer. Il te mènera à un monde qui dépasse tout ce que tu as pu imaginer. Mon deuxième journal d'expédition te guidera jusqu'au bout de ce long chemin.
Je t'y attendrai, je te le promets ! Arme-toi de ton courage sans faille.
À très bientôt,
Ton père qui t'aime à tout jamais

De chaudes larmes ruissellent sur mes joues. J'espérais tant le retrouver ici. Cependant, je suis heureux de savoir qu'il est toujours en vie et que je suis sur la bonne piste. Daddy, je te trouverai, quoi qu'il en coûte !

– Quelque chose ne va pas, Chico ? demande Mojo.

– Tiens bon, on arrive !

Mes amis grimpent sur la tête de la statue et me rejoignent de l'autre côté à la vitesse de l'éclair. Je leur tends le message de mon père qu'ils lisent en hochant la tête.

– Alors, on est loin d'être sortis d'affaire, dit Cookie tout en réfléchissant. Mais on n'a pas trouvé de deuxième journal. Où peut-il être ?

Encore une bonne question. Je ne vois rien autour de moi. Les jumeaux fouillent autour d'eux.

– Venez voir ce que j'ai trouvé ! s'écrie soudain Cookie.

Elle soulève une épaisse toile d'araignée qui tapisse le sol au bout du conduit. Je la regarde faire, terrifié à l'idée qu'on tombe sur la bestiole qui a tissé une chose pareille. Cookie ne s'en préoccupe absolument pas.

– Qu'est-ce que c'est que ça ? s'étonne Mojo.

Il me pousse pour la rejoindre. Sous la toile se trouve un passage étroit, qui débouche sur trois énormes conduites. D'environ deux mètres de diamètre, elles émettent une lueur verte. Elles me font penser à l'entrée des toboggans dans les piscines. Qu'est-ce que tout ça vient faire dans une montagne au cœur de l'Himalaya ? C'est aussi dingue que troublant.

On s'approche. Je reste sur mes gardes : j'ai joué à suffisamment de jeux vidéo pour savoir qu'on pourrait déclencher des pièges. Ces conduites lumineuses sont si mystérieuses. Elles s'enfoncent dans la paroi rocheuse. Cependant, on n'y voit pas à plus d'un mètre. Je me demande où elles mènent. En y regardant de plus près, à l'intérieur de chaque conduite se trouve un petit piédestal de pierre, sur lequel est posé un livre.

C'est étonnant, Daddy n'a fait mention que d'un seul autre journal. Ils ressemblent tous les trois à celui que j'ai déjà, mais celui de la conduite du milieu est identique au mien, hormis sa couverture de couleur verte. Ça veut sûrement dire que c'est dans ce tube géant que je dois m'aventurer. Je m'avance, quand Mojo me retient.

– N'y va pas, Chico ! C'est sûrement un piège.

J'admets que tout ça est un peu louche. La lumière verte ressemble à un champ de force de film de science-fiction. On entend même une sorte de vrombissement.

– Ça ne me dit rien qui vaille, murmure Mojo.

– Il faut prendre une décision, tranche Cookie.

J'en prends une. Je tends la main et l'approche de l'un des champs de force. Avant même de comprendre ce qui se passe, je la retire instantanément. J'ai reçu une sorte de décharge électrique, comme si j'avais effleuré la clôture d'un champ de vaches.

– Qu'est-ce qu'il t'est arrivé, Chico ? demande Mojo, les yeux écarquillés.

Je ne sais pas si c'est à cause du choc, mais sa tête me fiche les jetons, d'autant plus qu'elle est éclairée par cette lueur verdâtre.

– Quelque chose est gravé dans la paroi au-dessus du deuxième tuyau, observe Cookie.

Nous braquons nos lampes sur l'inscription. Mon cœur palpite quand je reconnais l'écriture de Daddy.

C'est cette voie qu'il te faut emprunter, Lias.

– Ça veut dire qu'il va devoir la rendre ? s'interroge Mojo sérieusement.

Cookie pousse un soupir exaspéré :

– Ça veut dire que Lias doit passer par cette conduite, triple buse !

– Plus un bruit, dis-je. Je dois réfléchir.

Après cinq secondes, Mojo reprend la parole :

– Ça y est, tu as réfléchi ?

– Non !

Cookie inspecte l'entrée d'une autre conduite et ses alentours de plus près. Elle doit plisser les yeux pour ne pas être éblouie par la lueur qu'elle émet. Elle recule d'un pas et observe la paroi au-dessus.

– Regardez ! Au-dessus de la conduite de gauche. Il y a une autre inscription !

Elle braque sa lampe et parvient à lire :

Cette voie est destinée aux jumeaux.

– Hein ?! Quels jumeaux ? dit Mojo en se grattant la tête.

– À ton avis ? répond Cookie. Je commençais à m'en douter...

Comme Mojo ouvre de grands yeux, sa sœur lui donne un coup de coude dans les côtes.

– Ne fais pas l'idiot, c'est pourtant évident.

– Mais... comment ça se fait que... ? Qu'est-ce qu'on va faire ? bredouille-t-il.

Nous regardons tous deux Cookie, qui fait un pas de plus en avant.

– À ton avis ? Je rentre là-dedans. Je veux savoir ce qu'il y a dans ce livre.

– Pas si vite ! s'écrie Mojo. Si quelqu'un doit entrer là-dedans, c'est moi ! Je suis l'aîné, après tout.

– Tu es né deux minutes plus tôt !

– Ce qui fait tout de même cent vingt sec... Eh !

Mojo n'a pas le temps de terminer sa phrase que Cookie traverse le champ de force et se retrouve dans la conduite. Elle rit :

– Ça chatouille !

– Surtout, ne touche à rien, prévient Mojo, terrorisé.

– Tu vois quelque chose ? je lui demande.

Cookie se penche sur le livre. Le suspense m'est insoutenable.

– C'est la même écriture que sur la paroi au-dessus de la conduite. Je vois un symbole. Il ressemble à celui du nouveau journal destiné à Lias. Et... C'est pas possible ?!

– Qu'y a-t-il ? Un problème ? Ça ne va pas ? Sors tout de suite de là ! gémit Mojo.

– Non, ça va. Mais il y a des prénoms gravés sur le piédestal.

– Lesquels ? je lui lance.

– Lesquels ? insiste Mojo.

La réponse de Cookie se fait attendre. Elle se tourne vers nous et regarde son frère droit dans les yeux.

– « Pour Evia et Henry ».

À vrai dire, je ne vois pas ce qu'il y a de si intense dans ce moment. Mais les jumeaux continuent de se regarder en silence. Je finis par poser la question qui s'impose :

– Et qui sont ces gens ?

– Ce sont... nos vrais prénoms, balbutie Mojo. Mais ça fait une éternité qu'on ne nous a pas appelés comme ça.

Ils continuent de se fixer l'un l'autre. Je ne sais plus où me mettre.

À plusieurs reprises, Cookie approche sa main du livre, mais la retire, comme quelqu'un qui a peur de se brûler.

– C'est fascinant, dit-elle. Dès que j'approche ma main du livre, c'est comme si on allumait un aspirateur géant qui m'attire vers l'intérieur de la conduite.

– Alors n'y touche pas ! crie Mojo.

Il se tourne vers moi les yeux grands ouverts et poursuit :

– Il ne faut pas qu'elle le touche !

Cookie me regarde au travers du champ de force.

– Quelqu'un l'a placé là pour nous, insiste-t-elle.

Elle explore ses alentours et continue :

– La paroi est couverte de gravures. Ceux qui les ont faites étaient très doués. Regardez !

Nous nous approchons du champ de force, sans le toucher.

– Qu'est-ce que c'est que ces drôles de bêtes ? dis-je.

– Des dinosaures, de toute évidence, répond Mojo.

Oui et non. Si certains me rappellent les dinosaures qu'on voit dans les encyclopédies illustrées, d'autres semblent plus... réalistes. Et ce n'est pas tout. On reconnaît aussi un paysage de jungle, une cascade et d'énormes oiseaux virevoltants.

– Est-ce que les autres conduites sont aussi décorées ? demande Cookie.

Elle traverse de nouveau le champ de force pour ressortir :

– Hihi, ça chatouille encore !

Elle bondit vers la conduite du milieu. Nous la suivons et... Bingo !

La paroi est effectivement décorée de peintures. On y aperçoit un réseau de grottes survolé par un avion.

Mojo fronce les sourcils :

– Quelque chose me dit que ces peintures rupestres ne datent pas de la préhistoire.

On se dirige vers la troisième conduite. Elle est aussi ornée d'une gravure, mais nous ne parvenons pas à la déchiffrer. Elle se compose de traits et de lignes incurvées.

– Si c'est une écriture, je ne sais pas la lire, dit Cookie.

Et pourtant, ces motifs me parlent. Je les ai déjà vus quelque part. Ça me revient ! Je sors le talisman de sous mon tee-shirt. Je compare ses inscriptions à celles de la paroi au-dessus de la conduite. Elles se ressemblent, mais ne sont pas tout à fait identiques. Serait-ce la même langue ?

– On peut savoir ce que tu tiens là, Chico ? demande Mojo, intrigué.

– Rien de spécial.

Je remets vite le talisman sous mon tee-shirt.

– Regardez, là aussi !

Cookie pointe un doigt vers l'intérieur de la troisième conduite, également couverte de dessins. On y voit un labyrinthe qui semble fait de gros blocs de glace, mais aussi une sorte de ver luisant dans le ciel, au-dessus d'une montgolfière. Le paysage regorge d'animaux que je n'ai encore jamais vus.

Parmi eux se trouve un monstre absolument terrifiant. Ses dents sont pointues, ses griffes acérées, et je n'ai jamais vu une fourrure aussi épaisse.

– Par tous les singes démoniaques, qu'est-ce que c'est que cette horreur ? frémit Mojo.

Cookie reste bouche bée. Mojo poursuit :

– Regardez tous ces gens qui l'entourent. On dirait des moines.

Il a raison, ces silhouettes dessinées sur la pierre me rappellent le mystérieux garçon. Serait-ce donc ce fameux peuple ? Le légendaire peuple jaïn ?

– Une chose est sûre, ces conduites nous mènent quelque part, poursuit Cookie. À en juger par leur paroi, elles n'ont rien à voir les unes avec les autres. La question est : nous mènent-elles vers des lieux complètement diff...

Je l'interromps :

– J'ai entendu quelqu'un.

– Moi aussi.

À peine a-t-elle terminé sa phrase qu'elle et son frère courent vers l'entrée de l'oreille. Je les suis.

– Eh, qui va là ? s'écrie Mojo.

Quand je les rejoins, ils ont les yeux rivés vers les pieds de la statue. Je fais de même... et n'en crois pas mes yeux.

D'en bas, le garçon à la toge orange nous regarde. Nous pointons nos lampes dans sa direction. Il lève la main pour se protéger les yeux.

– Eh oh ! poursuit Mojo. Qu'est-ce que tu fais là ?

Le garçon ne répond pas.

– Peut-être qu'il ne parle pas notre langue, dis-je.

Cookie se penche davantage et lui fait un signe.

– नमस्कार..

– Qu'est-ce que tu lui as dit ? je lui demande, curieux.

– Bonjour, en népalais.

Le garçon reste muet et continue de nous fixer.

– Son vêtement ressemble à une robe de moine tibétain, fait remarquer Cookie. Je vais essayer dans cette langue.

– Descendez immédiatement ! ordonne le garçon jaïn.

– Eh ben, voilà qu'il parle notre langue maintenant, dit Mojo.

Il s'adresse au garçon jaïn, la poitrine gonflée et le poing levé :

– Écoute-moi bien, gamin ! On n'a pas d'ordre à recevoir d'une espèce d'orange desséchée !

– Je m'appelle Tashi. Je suis venu vous prévenir : vous courez un grand danger !

– C'est ça, oui.

Son air sarcastique laisse immédiatement place à un visage saisi d'effroi. Je comprends pourquoi en suivant

son regard. Là-bas, à l'entrée de la grotte gigantesque, se tient une silhouette imposante. Même de là où je suis, ça ne fait aucun doute : le gros bras nous a retrouvés !

– Comment il a réussi à entrer dans la grotte ? proteste Mojo d'une voix éraillée.

– Soit, reprend Tashi. Si vous ne venez pas à moi, c'est moi qui viendrai à vous !

Aucun d'entre nous ne prête attention aux dires du garçon. Nous sommes trop occupés à scruter le malabar. Il nous a repérés ! Il dit quelque chose, mais on est trop loin pour l'entendre. Il se met à courir.

– Qu'est-ce qu'on fait maintenant ? dis-je, paniqué.

– Vite, demi-tour, ordonne Cookie.

On se rue de nouveau vers le passage étroit à l'intérieur de l'oreille. Nous nous immobilisons devant les trois conduites. Ce sont les seules issues possibles. On ne peut quand même pas entrer là-dedans sans réfléchir ni savoir où ils mè...

– Attendez-moiiiii !

Je me retourne : c'est le garçon jaïn qui nous a rejoints. J'aperçois quelque chose derrière lui. Quelque chose qui sautille. On dirait… un panda roux ?!

Cookie s'écrie d'une voix à percer les tympans :

– Mais qu'il est mignooonnn !

– Dieux du ciel, comment il a pu grimper aussi vite ?

Mojo m'ôte les mots de la bouche.

– N'avancez pas plus ! s'écrie Tashi. C'est trop dangereux !

– Nous n'avons plus d'autre choix. J'ai besoin de ce livre.

Tashi se tient devant la conduite tout à droite. Son regard s'arrête sur l'inscription mystérieuse gravée dans la paroi au-dessus. Puis, il pose les yeux sur le livre qui se trouve à l'intérieur.

– Par Shirineva ! murmure-t-il avec émotion. C'est impossible !

Sans plus faire attention à nous, il pénètre le champ de force. Le panda roux lui emboîte le pas. Il se saisit du livre et aussitôt, lui et son animal s'engouffrent dans la conduite, comme si une force invisible les avait happés.

– Comment… ?

Nous nous regardons, hébétés.

Je sursaute tandis qu'apparaît la silhouette du gros bras. Mon sang ne fait qu'un tour. Il se tient juste à l'entrée, les jambes écartées comme un cow-boy et les mains sur les hanches.

– Je vous tiens, cette fois ! nous lance-t-il.

Je sens la main de Cookie serrer la mienne. Puis, elle la relâche et crie :

– Vite, saute dans ta conduite ! Nous allons dans la nôtre.

Elle me lance un dernier regard résolu, saisit la main de son frère et l'entraîne à travers le champ de force de la conduite de gauche.

– Reste ici, Lias !

J'avale de travers. Le gros bras connaît mon nom ?! Je jette encore un coup d'œil en arrière. Il me fonce dessus. Juste avant qu'il m'atteigne, je m'élance. Avec l'adrénaline, je ne sens même pas le champ de force qui me frappe. Je m'empare du deuxième journal d'expédition et suis aussitôt saisi par un vent puissant qui m'aspire vers les tréfonds...

La première mission de Lias est arrivée à son terme ! Notre héros sait désormais que son père est toujours en vie, et ce qu'il doit faire pour le retrouver. Mais quelles péripéties l'attendent dans le monde invraisemblable auquel il va être confronté ? Suis les aventures de **Lias**, celles de **Tashi**, de **Cookie** et de **Mojo**. Lias parviendra-t-il à retrouver son père ? Que nous révélera le périple de Tashi au sujet de ce mystérieux garçon ? En saurons-nous plus sur les nombreux secrets que cachent les jumeaux ?

Suis les aventures de Lias, Cookie, Mojo et Tashi dans le monde perdu ! Elles promettent d'être riches en énigmes et en rebondissements.

Suis Tashi et aventure-toi dans un monde de glaces éternelles. Aide-le à braver les dangers et accompagne-le dans son voyage semé d'énigmes.

Björn Berenz, né en 1977, a publié plusieurs romans pour adultes et une première série pour enfants aux éditions Arena. C'est lors de sa participation en tant que rédacteur à la saga de science-fiction *Perry Rhodan* qu'il a fait connaissance avec son partenaire Christoph Dittert. Björn vit avec sa femme et ses deux filles dans la région volcanique de l'Eifel, en Allemagne, où il espère un jour trouver un peuple légendaire qui le nommera chef de tribu.

Christoph Dittert est né en 1974. Sa philosophie ? Écrire des romans qu'il aurait lui-même envie de lire, ce qu'il fait depuis une vingtaine d'années. Outre les livres pour enfants, il publie des romans fantastiques et de science-fiction pour les adultes. Avec sa femme et ses trois enfants, il vit à Kaiserslautern, en Allemagne. Chaque fois que son plan de conquête du monde est sur le point d'aboutir, son réveil sonne et Christoph revient à la réalité.

Philipp Ach, né en 1993, a étudié le dessin et le design aux universités de sciences appliquées de Münster et de Hambourg, où il vit aujourd'hui. C'est par passion qu'il se consacre principalement à la conception de jeux de cartes et de société, auxquels il prend toujours plaisir à jouer.

L'agence Schlück GmbH, 30161 Hannover,
a participé à la création de cette œuvre.
Couverture et illustrations du livre : Philipp Ach

Direction de la publication : Sophie Chanourdie
Traduction de l'ouvrage : Erwan Blouin
Suivi éditorial : Raphaële Glaux
Édition : Anne Létoré et Tina de Filippo
Révision rédactionnelle : Juliette Paquereau
Suivi artistique : Guillaume Dupont
Adaptation graphique et mise en page : Graphicat
Fabrication : Rebecca Dubois

21, rue du Montparnasse – 75006 Paris

ISBN : 978-2-03-604245-2
Imprimé en Italie par Grafica Veneta
Dépôt légal : septembre 2023
332162-01/11051372 – août 2023

Conforme à la loi n° 49-956 du 16 juillet 1949
sur les publications destinées à la jeunesse.

PAPIER CERTIFIÉ

LAROUSSE s'engage pour l'environnement en réduisant l'empreinte carbone de ses livres. Celle de cet exemplaire est de :
800 g éq. CO_2
Rendez-vous sur www.larousse-durable.fr